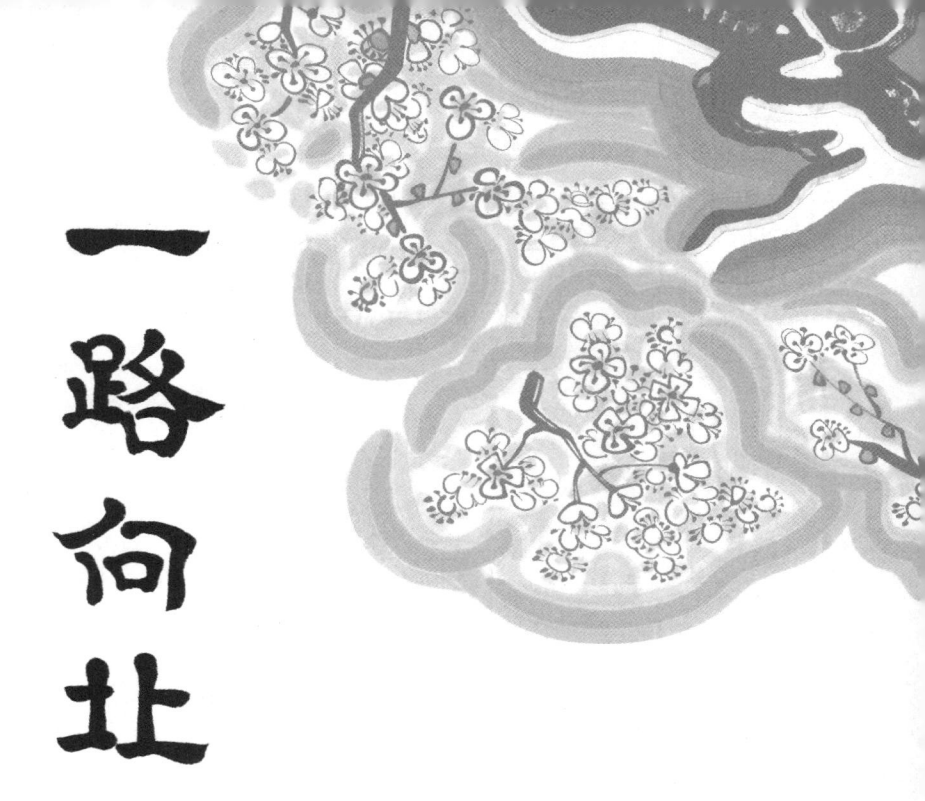

一路向北

深谷小溪 著

中国财富出版社有限公司

图书在版编目（CIP）数据

一路向北／深谷小溪著. --北京：中国财富出版社有限公司，2024.6.
--ISBN 978-7-5047-8089-8

Ⅰ.I267.1

中国国家版本馆 CIP 数据核字第 2024DF1321 号

策划编辑	张彩霞	责任编辑	贾紫轩 陆 叙	版权编辑	李 洋
责任印制	梁 凡	责任校对	张营营	责任发行	杨恩磊

出版发行	中国财富出版社有限公司		
社　　址	北京市丰台区南四环西路 188 号 5 区20 楼	邮政编码	100070
电　　话	010－52227588 转 2098（发行部）	010－52227588 转 321（总编室）	
	010－52227566（24 小时读者服务）	010－52227588 转 305（质检部）	
网　　址	http://www.cfpress.com.cn	排　　版	宝蕾元
经　　销	新华书店	印　　刷	宝蕾元仁浩（天津）印刷有限公司
书　　号	ISBN 978-7-5047-8089-8/I · 0375		
开　　本	880mm×1230mm　1/32	版　　次	2024 年 6 月第 1 版
印　　张	6.25	印　　次	2024 年 6 月第 1 次印刷
字　　数	97 千字	定　　价	48.00 元

版权所有·侵权必究·印装差错·负责调换

目录

这是一个网购的时代　　　　/001

面对面说我想你　　　　/004

好好生活　　　/008

锻炼是一种生活态度　　　　/011

有感于"俭，吾从众"　　　　/014

关于畹町的四个音符　　　　/017

一路向北　　　/021

憧憬"老凡"的老年生活　　　　/025

遇见　　　/028

人间清美是冬雪　　　　/034

感悟大波那书苑　　　　/037

不期而遇的牡丹花　　　　/041

小工匠大精神　　　　/044

我们更需要一个性格好的孩子　　　　/049

人生里的四个字　　　　/053

向往　　　/064

001

南山行小感　　　　　　/069

爷爷的爷爷用笔写出的话　　　　/074

永相随　　　/080

姐妹仨　　　/084

生命的开花——巴金著《随想录》读后感　　　/090

融进生命里的财税情　　　/094

光荣神圣的人　　　/099

如果有来生　　　/104

端午的味道　　　/108

真正的自由　　　/111

念　　　/121

致敬那些为我们负重前行的人　　　/126

古北口随想　　　/132

《有一个美丽的地方》首版录音，那些
　　尘封的历史　　　/136

雨　　　/145

迎春花　　　/148

实　　　/152

20元钱的快乐	/157
影子和灵魂	/160
妈妈的梦想	/165
往事	/169
憾事亦无憾	/175
出路	/180
后记	/190

这是一个网购的时代

我出生于20世纪80年代末，很庆幸经历过"无网购"时代，也赶上了网购时代。我体会过街头巷尾的市井百态，也参与到了全民网购中。

我的童年是在与缅甸仅有一江之隔的边境小城畹町度过的，与母亲坐着竹筏渡河到对面的缅甸棒赛赶集是童年最幸福的记忆之一。二十世纪八九十年代，缅甸棒赛集市一片繁华景象。每次出国逛街，我总会惦记我最爱吃的缅甸破酥包，拿着母亲给我的五角钱，蹦蹦跳跳地跑到华侨叔叔开的包子铺，眼睛直勾勾地盯着冒着白色蒸汽的竹蒸笼，迫不及待地付了钱，把热腾腾的肉包子捧在手心里，内心感到特别满足。

转眼间,进入二十一世纪,电子商务发展突飞猛进,网购已成为一种新型的消费方式和人们日常生活中重要的一部分。生活在北京这样的大都市,我感受更为深刻。由于北京城市规模大,交通拥堵,有时候出门购物花费的成本要高于网上购物,人们还不一定能买到心仪的商品。记得一次,我要去参加朋友的婚礼,急于购买一双丝袜,就近逛了两个超市都没有买到自己所需要的款式。北京太大,如果为了一双丝袜专门跑一趟购物中心,来回浪费太多时间、精力,我最后无奈地选择网购,将发货地选择为北京,早上下单,下午便轻轻松松地收到了自己心仪的商品。

作为年轻人,我很乐意接受新鲜事物,也很喜欢网购,在快节奏的生活中,为了对自己的时间做好管理,保持高效的工作和生活,我尽可能地利用互联网获得我所需要的一切信息和资源。小到一支笔,大到家用电器,我都愿意从网上购买。因为有网购,商家可以送餐、送药上门,跑腿可以帮买生活物品,可以吃遍全城,买遍全世界,人们只用"宅"在屋子里,对着电脑或拿着手机,动动手指,便可坐等商品被送货上门。但是，网购时间长了，人容易养成惰性，并沉迷于网络世界，削弱与人交往的能力。

而如今，除了急需购买的物品以外，我更愿意出门购物，想买书了，花一个下午的时间，在溢满书香的书店里看书、挑书；想买衣服了，拉着亲人、友人说说笑笑，逛逛商场，享受购物的乐趣；想吃美食了，坐在各具特色的店里，品尝美食，品味生活。只有迈开脚，走进生活，人们才能再次感受到小时候购物的满足感。

科技发展日新月异，未来生活让人充满遐想，但无论社会怎样进步，科学怎样发展，我们每个人都应具备学习的能力，不断更新知识，活到老学到老，跟上时代的脚步，才不会被时代所淘汰。

待我八十岁时，我也要像我家姨婆一样当个时髦的老太太，玩微信，网上购物。或许等到我老了，在那个未知的时代里，网购已经不流行了。

2017.7.25

面对面说我想你

曾几何时，朋友之间更多的是面对面的沟通交流。

童年时期的朋友们，手牵手一起上学放学，说说悄悄话，跑到对方家敲敲门。

青少年时期的朋友们，看着天花板聊天聊到天亮，三五成群在街道上骑着单车欢声笑语，在校园草地上席地而坐背靠背。

如今说起"朋友圈"，大部分人首先想到的应该是腾讯开发的微信里的朋友圈。今天的微信成功地抢占了网络社交绝大部分市场，成为一款老少皆宜最受大众欢迎的社交App，但是，它再也不是以前我所熟悉的网络社交了。

15 年前，奶奶为了奖励我考上高中，为我买了我人生中的第一台台式电脑。从此，我下载了我的第一个社交软件"腾讯QQ"；第一个网名"化作一片繁星"；第一个网友"老雷"，我的高中同学，一名电脑高手。

你用过微软的即时通信软件 MSN messenger、腾讯微博、新浪博客、校内网（人人网）、飞信等红极一时但现已消失或名存实亡的社交软件吗？或是国外的 Facebook？如果你的答案是肯定的，那我们就应该是一个时代的青年人，对网络社交也应该有着共同的记忆和相似的感受。那些年，我们这样一群激情澎湃、活力四射的年轻人在网络上书写日志、书写博客，表达自己的内心诉求和情感世界，和朋友分享照片、音乐、电影，了解朋友的最新动态，联络朋友交流思想。我们从不担心异样的眼光，因为我们的"朋友圈"是一群同一时代的青年人，我们相互理解、感同身受；我们从不惆怅，因为我们只在夜深人静的时候面对电脑，敲击键盘，写下内心世界；我们从不仅仅渴望被爱，因为我们会相互关注、相互留言、相互鼓励。

15 年后，快节奏打破了慢生活，造就了快餐式的阅读与写作。每天陪伴着我们的微信朋友圈穿插着各类广告，人与人的面对面交流减少了，人们不亦乐乎地白天刷着朋友圈，晚上刷着朋友圈；在城市的地铁上、公交车上、大街小巷里，无处不在的"低头族"都在刷着朋友圈，朋友们面对面在一起依然会不自觉地拿起手机刷朋友圈。

网络社交打破了地域的限制，看似交流方便，缩短了人们之间的距离，但它毕竟是一个虚拟的世界。过度依赖网络社交，只会越来越增加人与人之间的距离感，让人与人见面无话可说。

也许是因为用了太多、太久的社交软件，新鲜感已退却；也许是因为对微信"朋友圈"熟悉感已消失；也许是因为想放下手机，亲近生活，拾起遗失的美好，我现在更愿意把所剩无几的时间全部用在阅读和写作上，偶尔发朋友圈，更新我的生活动态，偶尔刷朋友圈，与朋友们互动一下。希望尽可能地把身心回归到最初的状态，写一封信，打一个电话，登门拜访一位朋友，面对面告诉朋友："我想你。"

网络社交里，"朋友圈"里的千言万语，都不如面对面地给朋友一个礼貌的拥抱，一个灿烂的微笑，一句暖心的话语，来得更温暖更幸福。

  写下这些文字，勾起了我的无限思绪。我在北京，我很想念你们，我生命中的每一位朋友。

2017.7.27

好好生活

  在我年幼时,差一丁点儿就成了没妈妈的小孩儿。

  因为当时我年纪太小,才刚开始记事,长大后多少次努力回想,也只剩下模糊不清、断断续续的记忆,然而内心的感受是一辈子都忘不了的。

  不会游泳的母亲不小心掉进深水坑里,幸好有路过的好心人救了母亲。

  闭上眼,我努力回忆二十多年前那个傍晚。黄昏时橘红色的光洒满了整个屋子,年幼的我趴在母亲的床边,母亲虚弱地对年幼的我说:"你差一点儿就再也见不到妈妈了。"屋里挤满了家里的亲戚们,她们每个人都在说着安慰母亲的话语，整个房间充斥着各种声音，然而只有母亲语气虚弱的这句话，在我耳里显得格外响亮、清晰，也深深地印在了我心里。

我曾读过这样的一句话："父母在世，家乡就是家；父母不在，家乡只是故乡。"我从来不敢想象，如果我从小没有了母亲，没有了母爱，我会在哪里，我会怎么样；如果我从小没有了母亲，身为独生女的我又该何去何从，我生命的意义又是什么。

我有一位吃苦耐劳、心地善良的母亲，母亲的为人和对待生活的态度是我一生学习的榜样。母亲并没有得到上天的眷恋，她8岁时，就失去了母亲，失去了母爱。她用弱小的身躯承担起了养家糊口的重担，用坚强的心好好生活，用暖暖的爱善待身边每一个人。如今，母亲看到流浪汉和无家可归的小孩都会伸出援助之手；逢年过节母亲都要去看望远房亲戚、社区清洁工和单位的门卫……母亲经常教育我，要认真对待生命，要好好生活，要帮助需要帮助的人。

在我的人生中，母亲不仅仅给了我生命，还给了我榜样的力量和向上的精神。转眼间，我也成了一位母亲，我的生命又多了一份责任，我希望像母亲一样，做个坚强的女子。海明威的《老人与海》中有句最著名的话："人不是为失败而生的，一个人可以被毁灭，但不能被打败。"生活中总有不如意，纵使困难重重，也不能轻易言败。

我们每个人来到这个世上，都不是一个独立的个体，在社会中扮演着不同的角色，在亲人、朋友的生命中成为不可缺少的角色，为了扮演好自己的角色，我们每一天都在努力，并用自己的力量扛起自己所肩负的责任，所以我们必须对自己的生命负责，必须好好生活。

"生"是生命的生，是生活的生，也是人生的生。对自己的生命负责，对身边的亲人、朋友负责，给予更多人帮助，好好地生活，才是一个人生命的意义！

2017.8.4

锻炼是一种生活态度

前几日，有幸听了"2017年'学在清华'新生亲友交流会"，清华大学教务处彭刚处长在介绍清华大学人才培养时说道："学校希望让两个习惯伴随清华毕业生的一生，一是喜欢读书，二是喜欢锻炼。读书可以丰满精神，锻炼可以强身健体，这两者会让人受益终生。"

锻炼，可以增强体魄和内心定力，可以磨炼坚强的意志力，还可以改变一个人的精气神。我最难忘的记忆都与锻炼有关。我的父亲爱锻炼，而锻炼影响了我们一家人的生活态度。在我记忆深处，父亲年轻的时候喜欢打篮球、游泳，直到前些年还会和年轻人打篮球，运球姿势很帅，投篮很准，气场一点不输年轻人。爱锻炼的好习惯已经成为父亲生活的一部分，他坚持每天早起锻炼，经常跑十公里以上。父亲能走路就坚决不坐车，比如全家人外出吃饭，父亲总会提前走路去，我们坐车到饭店，父亲已早早在饭店等待我们。在父亲的影响下，我渐渐地养成了锻炼的习惯。

俗话说："要么读书，要么锻炼，身体和灵魂，总要有一个在路上。"我刚到北京时，不适应气候又缺乏锻炼，导致每个月都在感冒、吃药，极大地影响了生活、工作，令我身心俱疲。自从我加强锻炼，每天上下班走路或骑单车，积极参加登山或健步走活动，现在我的身体一天比一天好，心理一天比一天强大。我深刻地感受到锻炼带给我健康的生活。

如今，我喜欢在温暖的阳光里迎风奔跑，我喜欢骑着单车穿梭于城市的大街小巷，我喜欢每天早晨大汗淋漓地走进办公室的感觉。我坚信，同样的风景，你骑单车和你坐汽车欣赏的感觉是完全不同的。你挥洒汗水，你迎面高歌，你拥抱自然，这些点点滴滴将会凑成你丰富的人生。

锻炼是一种生活态度

"生命不息，运动不止"，像美国电影《阿甘正传》主人公阿甘一样坚持不懈地奔跑，这样的奔跑是对生命的执着，对信念的坚定。锻炼，不仅仅是一种生活方式，更是一种生活态度。

2017. 8. 26

有感于"俭，吾从众"

《论语·子罕》："麻冕，礼也；今也纯，俭，吾从众。"意思是：用麻布制成礼帽，传统的礼制是这样规定的；现在大家都用黑丝制作，比过去节省多了，我赞成现在的做法。孔子要求行礼要恪守节俭的原则，而不是徒有形式的铺张浪费，反映了孔子崇尚节俭的思想。

从古至今，国人都崇尚节俭，节俭是中华民族的传统美德。从《论语》"俭，吾从众"到唐诗"谁知盘中餐，粒粒皆辛苦"；从社会主义荣辱观"以艰苦奋斗为荣，以骄奢淫逸为耻"到《习近平谈治国理政》"厉行勤俭节约，反对铺张浪费"，"历览前贤国与家，成由勤俭破由奢"，历史告诉我们，一个国家、一个民族想要繁荣昌盛，必须做到艰苦奋斗、勤俭节约。

对于勤俭节约，我的感触颇深。孔子七十代孙大理弥渡县县长孔广乾，年幼丧父，母亲祝夫人躬亲抚育、教导培养，由于家境窘迫，母亲祝夫人从小教育孔广乾："唯俭可养志，勤可造诣，汝当慕欧阳子孟轲氏之为人。"孔广乾一直铭记于心，在母亲与世长辞之时，提笔沉痛写下祭文，提到了"勤俭"家风。孔广乾是我爷爷的爷爷，"俭可养志，勤可造诣"成了我们家的祖训。

一百多年过去了，祖训在时间的长河里依然熠熠生辉、历久弥新。在我的记忆深处，爷爷家里吃剩的大盘饭菜被装进小盘里明天吃，小盘里吃剩的再被装进更小的盘里后天吃，爷爷总舍不得浪费一粒饭、一口菜。父亲总是说，一碗面条管饱，大鱼大肉要少吃。

我很庆幸，长辈为我营造了良好的家风，勤俭的家风给我带来了良好的心态和生活习惯。在追求"低碳生活"的路上，我养成了随手关闭电源和水龙头的习惯，选择绿色出行，废品再利用，倾向于素食……

现如今全球气候变暖,雾霾污染严重,勤俭节约显得尤为重要,只有人人肩负起城市能源保护者的责任,人类赖以生存的共同家园——地球,才会更健康更美丽。

2017. 9. 1

关于畹町的四个音符

山城

每个人心中都有一座属于自己的山城。我的山城,没有浓墨重彩,没有喧嚣浮华。它宁静深远,厚重不凡,承载了我童年所有的记忆,也承载了我对未来所有的期许。它是太阳照耀的地方——畹町。

畹町,这座依山而建的边境城市,坐落在祖国西南边陲,与缅甸相邻。登山远眺,一条清澈见底的小河在两国间蜿蜒流淌,四周群山连绵。每每看到此景,我总有一种心旷神怡的感觉。

在畹町,常见人们爬坡登山。通往学校的路是密密麻麻的石梯，我爬得气喘吁吁，两腿酸软；有时放学一脚踩空，磕破皮肤，经常处处淤青。后来熟能生巧，我可以两阶并作一阶爬；可以加快脚步频率，一口气快速登顶；还可以花样爬阶梯，顺着阶梯边沿陡坡向上爬。回家的路也是一个大陡坡，是我童年时骑单车玩耍的场地。

不管是上学路，还是回家路，都是磨炼意志的路，一边爬一边鼓励自己"坚持就是胜利"。这些路我从三岁开始，一爬便是九年。如今我在北京，可以一口气从西三环走到东三环，15公里健步走拿女子组第一名。大家不解地问道："你怎么那么能走？"我常笑答："因为我来自山城畹町。"

竹筏

20世纪八九十年代，畹町口岸作为国家一级口岸，边贸活跃，高楼拔地而起，人流涌入，呈现出一派欣欣向荣、生机勃勃的景象，成了云南面向南亚、东南亚对外开放最早的前沿阵地。身为畹町人，我真真切切见证了畹町这座城市的繁华与热闹，魅力与风采。

在畹町，出国赶集也是这里人们的日常生活方式。我们曾经拿着边民通行证坐上竹筏过河出境。有这样一个画面——

直深深印在我的脑海里：母亲牵着我的小手，站在竹筏上漂流，快到岸边时，母亲会抱起我一脚跨上岸。

畹町毗邻缅甸城市棒赛，曾经车水马龙。家里大到家电，小到棉布都来自棒赛。如今我闭上眼还能清晰忆起二十年前，棒赛有几条街、几条巷，哪家的商品质量最好，哪家缅甸老板中文最流利，哪家华侨商铺生意最好。

小小竹筏，承载的不仅是我和母亲的亲密，更是两国人民互市往来的信任与交往。

味道

俗话说，一方水土养一方人。无论身在何方，家乡的味道我永远无法忘却。

现今，母亲与我在北京生活，她时常会托人从家乡带来食材。当母亲发现北京开了一家越南菜馆后，欣喜若狂，拉着我去品尝，一边品尝一边开心地和我说，这个味道和我们家乡的味道一样。

畹町的味道，是清晨的一杯缅甸奶茶和一份缅甸破酥包，是独具特色的棒赛牛肉圆子和鸡油饭，是带着淡淡的洋葱柠檬的清新味道，这都是中缅边境异域风情的独特味道。

这个味道，让人思念，因为有家的味道。

木棉花

我们一家人离开畹町已有 19 年之久，但我每年都会故地重游，走走儿时走过的街道，爬爬那些记忆里的阶梯，尝尝家乡的味道，看看火红火红的木棉花。

高大挺拔的木棉花树，红彤彤的木棉花在青山绿水间格外引人注目。粗枝大叶，盛开的朵朵大红花，映在人们心窝窝里。一棵屹立不倒的擎天木棉花树需要生长很多年，其间要历经多少风风雨雨，方才开花结果。一般来说，大山深处才能偶见木棉花树，然而畹町的木棉花树却生长于山城间，几乎家家户户门口都有，像极了高高挂的红色灯笼。路人如果一不小心被掉落的大红花砸到，会有一种"红运当头"般的幸运感。

畹町的颜色是红色的，不仅有着古朴的木棉花树，还有着厚重的红色历史。那是一段南洋机工回国抗战的历史，更蕴含着一种奋勇前进、永不褪色的红色精神。这种精神深深印刻在每一个畹町人心中，正是这种精神引领着我们心手相携、砥砺前行。

2018.9.25

一路向北

天刚蒙蒙亮,晶莹剔透的晨露在叶尖跳舞,轻柔的微风夹带着淡淡的花香扑面而来,云淡风轻的春城开始慢慢苏醒。深深吸一口新鲜的空气,我脑海里浮现出在春城青春岁月的片段,简单美好,纯真快乐。

再回春城,熟悉而又陌生,印象中的春城,有海鸥从翠湖上空掠过,有老友一张张笑容荡漾的面庞。如今的春城,熙熙攘攘,风光灵秀,惬意舒心,却留不住我归家的心,迫不及待地想回到那个雾霾渐散、充满归属感的城市里拥抱家人。

3000 余公里,这是跨越大半个中国的距离,也是我回家的距离,抱着迫切抵达目的地的心,飞机延误让我心情无比焦虑。常常想，生命是如此有限，与其等待，不如踏上征途，永远不畏惧、不胆怯，勇敢尝试，坐上高铁一路向北，用心感受沿途风景。

常在北方坐高铁穿梭于各个城市，而今第一次在云南坐高铁，我还是掩饰不住内心的激动，与其说是回京，不如说是一场体验之旅。

来到昆明南站，映入眼帘的是崭新壮观的"孔雀开屏、鲜花绽放"造型的金白相间建筑外观。高铁站位于昆明呈贡白龙潭山脚之西，四周绿树成荫，景色旖旎，站内宽敞明亮，整洁舒适。

我曾到过全国多个高铁站，建在喀斯特地貌上的昆明南站依然让我感到震惊，它看起来华美气派，配备的公共交通设施完善，处处展现着作为西南地区大型综合交通枢纽欣欣向荣的景象。随处可见的大屏幕滚动显示开往全国各地的列车信息，我不禁感叹如今昆明现代交通更加便捷，昆明人民出行更加便利，同时心中又充满无限期待，期待有一天大屏幕除了显示大理、弥勒、富宁、普者黑……还有我的家乡德宏州瑞丽市。

一路向北

早上 8 点整，列车正点出发，伴随着列车提速的声音，列车缓缓驶出了站台，穿越一个个山洞，时快时慢。透过车窗，远处的山脉高低起伏，满目皆绿，清雾缭绕，犹如仙境般；村庄小屋零星散落在山间平坦之地，一步一景，一幅幅青山绿水生态画卷徐徐展开。列车不断加速飞驰前进，最高速度307km/h，窗外的景色一闪而过，时而像一抹梦幻青绿的流星色彩，时而像一张洞穴探险的神秘面纱。这时我默默回过头，翻开随身携带的书本，静静等待列车到站。

从昆明开往北京的列车途经贵阳、怀化、长沙、武汉、郑州、石家庄六个站，每到一站总有乘客上车下车。一开始热心帮我抬行李的老乡大哥，下车时对我微微一笑摆摆手，便离开了，心中竟有些不舍，遇见温暖的人无疑给旅途增添了不少暖意；一对年轻夫妻带着一双儿女拖着行李箱中途上车，俏皮可爱的孩子们和我分享了她们的点心，兴奋的孩子们唱着《我爱北京天安门》，一路相伴到了北京西站。走出车厢，和他们挥手告别后，我站在离别的站台默默看着温馨的一家四口远去的背影，思绪万千，心存美好，期许未来。

记得1999年坐火车去北京，旅途需要历经三天两夜，

一路向北

今天坐高铁只需 10 小时 30 分钟,出发当天就可以到达北京。改革开放 40 余年,中国发展速度令世人叹为观止,中国各方面发生了翻天覆地的变化,交通更加便捷,人们的生活更加美好。高铁正悄然改变着人们的出行方式,我也在不知不觉中爱上了坐高铁。

俗话说,人生就像一场旅行,重要的不是目的地,而是沿途的风景。万水千山,沧海桑田,漫漫人生,在喧嚣中笃定做自己,白发苍苍、容颜迟暮之时,方能不负初心、不负自己。

2018.9.27

憧憬"老凡"的老年生活

　　承蒙亲友厚爱，我有一个好听的外号"老凡"，"老"是老么的意思，"凡"是平常心的意思。在平凡岁月里，我向往一颗不平凡的爱心，一个不平凡的优点，一种不平凡的心境。

　　当我老了，我希望身边的人还能亲切地唤我一声"老凡"。到那时，老凡不是代表老么，是真的老了。

　　能健康平安地享受老年生活，本身就是一种幸福。因为未来充满太多不确定性，我们永远不知道未来某一天会不会突然生病，我们永远也不知道明天和意外哪一个会先到来。所以，正值壮年的我，也会对老年生活有所憧憬。

　　我所憧憬的老年生活，改变的只有容颜，不变的依旧是对生活一颗热情洋溢的心。当我老了，我希望做一位精致优雅的老阿姨，做一位温柔慈祥的老奶奶，做一个童心未泯的老太婆。

做一位精致优雅的老阿姨。

有这样一个画面深深地印在我的脑海里，也彻底颠覆了我对老年人老气横秋的旧观点。前不久休假去上海，在外滩躲雨时，一位上海老阿姨缓缓从我身边经过，看样貌已有八十多岁。老阿姨有一头"奶奶灰"银白色短卷发，身穿一套显身材的卡其色连衣裙，脚穿一双舒适轻便的运动鞋，手持一把暗紫色带花边的小洋伞，背着一个单色布艺双肩包，腰杆笔直，淡妆有神，身材好，气色、气质一点儿都不输年轻人。当我老了，我希望可以做一个像那位上海精致优雅的老阿姨一样的人，不辜负晚年时光，把生命活得赏心悦目。

做一位温柔慈祥的老奶奶。

如果上天眷恋，我可以成为四代或五代同堂的老奶奶，膝下儿孙满堂，我一定要坚持读书学习，不断接受新事物新思想，指引家族儿孙找到正确的人生方向，并以温柔慈祥的形象感化后代。我的奶奶今年整八十岁，腾冲一中毕业的奶奶一生热爱读书学习，性格开朗，待人温柔慈祥。每当我遇到困惑，我特别喜欢听奶奶讲话，因为奶奶讲话时总是面带微笑，轻声细语，让人感到温暖；因为奶奶像一位智者，"奶奶语录"足以让人应对生活中的种种问题。当我老了，我希望可以做一位温柔慈祥的老奶奶，拥有一颗博大宽容的心，在一抹夕阳下看花开花落，在一方净土上看云卷云舒。

做一位童心未泯的老太婆。

我有一个梦想，我想办一场属于自己的画展。如果说前半生所有的时光都要给孩子和家庭，那么我希望后半生可以为了自己的梦，做一点自己喜欢的事情。从小喜欢画画的我，可以利用暑假画满家里一面墙，可以在画板前一坐就是一天，可以通宵达旦创作，就为了画好一幅画或设计一个作品。沉浸在绘画的世界里能让人心静如水，画画是一场与自己心灵的对话，我很享受画画。当我老了，我希望可以做一位童心未泯的老太婆，不忘初衷，圆自己最初的梦想。

这就是老凡憧憬的老年生活，愿老凡不懈努力，在年老时圆一次梦，可以当一次"凡老"。

2018.9.28

遇见

俗话说，"真正的旅行不只是看风景，还有遇见人和事。"感谢异国他乡的所有遇见，让我有了不一样的生活感悟。

回不去的故乡

从北京出发，经迪拜转机，耗时 16 小时，跨越了半个地球，飞机降落在马德里巴拉哈斯机场。带着无限的遐想，我踏上了伊比利亚半岛这片神秘之地。

第一站马德里。马德里地处伊比利亚半岛中心，欧洲的东南部，南临直布罗陀海峡，北越比利牛斯山脉可抵欧洲腹地，自古素有"欧洲之门"之称，十年前蔡依林一首甜美轻快的《马德里不思议》唱出了八零后一代人的青春记忆及对马德里的向往。

十月初,马德里的天空绚丽蔚蓝,烈日炎炎,遇见的华人司机以娴熟的车技带着我们穿梭于城市街道间。我们游览了灿烂而斑驳的托莱多古城、塞万提斯《堂吉诃德》笔下冲锋陷阵的风车小镇。一路上,华人司机对我们照顾有加,介绍了当地风土人情,还讲述了自己在国外打拼 14 年的经历。看着他被阳光晒得黝黑的肌肤,看着他脸庞的憨厚笑容,看着他坚强不屈的身影,听着他一口流利的西班牙语,又得知他思乡情深,但忙于工作已多年没有回国……车里的空气瞬间像凝固了一样。

第二站里斯本。离开马德里,坐上开往里斯本的火车,遇见一位久居里斯本的华人大姐,大姐 20 世纪 90 年代漂洋过海到里斯本打拼,一个人拉扯大了三个孩子,看着她一双被烫伤的手,她笑道:"我把鸡脚烤得很好吃,但手留下了疤。"在大姐的诉说里,有"太苦"和"回不去的故乡",一句句简短的话,触动了大家内心柔软的弦,让人陷入沉思。

如今，华人遍布全球各地，在海外打拼实属不易，华人勤奋顽强的拼搏精神值得我们学习。所见所闻，不禁让我联想起姜跃教授的话："祖国是最强有力的依靠，祖国越强大，海外华人越受尊重，安全越有保障……"

欧亚大陆最西端

乘车自里斯本由东往西到达辛特拉西端，罗卡角是葡萄牙境内毗邻大西洋的海角，"罗卡"在葡萄牙语里的意思是岩石，处于北纬38度47分，西经9度30分，是整个欧亚大陆的最西端，曾被网民评为"全球最值得去的50个地方"之一。

站在海角，一望无际的蔚蓝的大西洋与湛蓝的天空形成水天一色，阵阵惊涛拍岸，徐徐海风拂面而过，我小心翼翼地沿着悬崖黄色沙石小路向最高处灯塔走去，蹲下身子一步一步挪到最高点悬崖边坐下，静静俯瞰眼前的壮丽景色，有一种"面朝大海，春暖花开"的豁达感。

从灯塔向西走到悬崖处一座十字架石碑旁，它面向浩瀚无垠的大海，上面用葡萄牙语刻着葡萄牙诗人卡蒙斯的名言,"ONDE A TERRA SE ACABA E O MAR COMEÇA",不知是哪位高手将其翻译为文言文"陆止于此,海始于斯",传颂至今,诗情画意,荡气回肠。放眼整个海角,铺满了像多肉一样的植物,听华人司机说,这种植物叫莫邪菊,原产自非洲。600多年前,葡萄牙人从这里出发绕过好望角开启了"地理大发现"的航海时代,现今这种非洲植物却征服了欧洲的一角。

幽默与智慧

钱钟书老先生有句经典话语:"如果你爱一个人,那就和她去旅行,如果旅行过后你们仍旧相爱,那就结婚吧。"旅行除了检验爱情,还是检验其他感情的标尺。

旅行的第十二天,我们乘坐高铁从马德里来到巴塞罗那,入住异域风情的西班牙民宿。民宿在巴塞罗那市区,三十分钟就可走到加泰罗尼亚广场,附近有高迪著名建筑巴特罗之家和米拉之家。欧式建筑的房屋,最让我念念不忘的是每家每户窗户外那些风格各异的小阳台,有的种满芬芳鲜花,有的撑起遮阳伞……充满了浓浓的生活气息,阳台似乎也成了欧洲人热爱生活、自得自在生活态度的小小缩影。

穿梭在巴塞罗那城市间，每栋精致的小洋楼有着统一的色调、统一的黑色铁铸花式门窗，不熟悉城市道路的我们，经常会闹笑话。一次雨夜，我们冒着冰冷的细雨，轮流用房东给的三把钥匙开门，怎么也打不开，最后发现开错了门；一次傍晚，我们在门外不停地输密码，来了一对拿着钥匙准备开门的当地夫妇，我们主动向前寻求帮助，最后发现又开错了门。就在频频出错的情况下，表姐调侃，"老外来咱大中国开开门，肯定更找不到北！"大家相视大笑，一句玩笑话愉快地化解了紧张的气氛。平日生活也该如此，无论何时何地都应保持积极乐观的心态。

第一次和姐妹们旅行，表姐总能把我逗得捧腹大笑，我笑称她是邓超"失散多年的妹妹"，她的幽默无疑给旅行增添了乐趣，幽默是智慧的象征。感谢陪伴远行，让我遇见了一个全新的姐姐。

一路上，遇见了陌生人的故事，遇见了不一样的风景，遇见了身边人的优点……也遇见了一个更好的自

遇见

己，我收获了美丽心情和生活感悟，点点滴滴留在心中。

2018. 10. 18

人间清美是冬雪

世间的冬天是多种多样的,有的冬天如家乡一般鸟语花香,瓜果飘香;有的冬天如北国一般千里冰封,万里雪飘;有的冬天如京城一般寒风飒飒,枯树秃枝……我一直对冬雪有一种莫名的情愫和特别的期待。大自然的四季变化冷热交替,让我们生活的世界变得五彩缤纷,乐趣无穷,绚丽中彰显变化的姿态。

俗话说,"冬天麦盖三层被,来年枕着馒头睡"。下雪的日子,总是好预兆。对于来自亚热带的我来说,在所有惊喜中,最纯粹的应数沉睡一晚后,推开窗户见到突如其来、银装素裹的世界的那一刹那。那个瞬间,你会忘记严寒,亲近自然，你会不由自主伸出手接住飘落的雪花，你会开心得像个孩子般迫不及待踩一踩松散的雪地。

当天气预报北京大年初三有雪，我便在期盼中等待，在等待中憧憬。事实上，大年初三没有下雪，大年初二的今冬初雪，小到我还来不及看清楚雪花的样子，就已在灰蒙蒙的半空中消失了。没有雪的春节略显平淡，为了感受有年味的春节，我不畏拥挤到景区看热闹，经历一番折腾，才领悟苏轼的那句"人间有味是清欢"。也正如友人所言，一杯清茶伴闲书，半轮红日迎归鹤；谁言佳节需繁喧，清静淡雅赛神仙。

生命是短暂的，自然却是永恒的，在我心中人间清美的模样，那一定是寂静的冬雪，洁白如初，好比初心一样。不禁联想到丁捷《初心》一书中有一段大意是：地球是浩瀚宇宙剧院里的一个小舞台，在大自然的博大与美面前，人类就像一粒悬浮在阳光下的微尘。热爱自然可以铸就敬畏之心。初心即自然，让我们寄情山水。多彩的四季，总有一季让你热爱，也总有一季让你感受初心，感受长路漫漫。

一路向北

清晨,我揉了揉蒙眬的睡眼,向窗外望去,红色楼宇间,洁白的雪花漫天飞舞,飘飘洒洒,北京下雪了……

2019.2.12

感悟大波那书苑

书院，顾名思义是古代讲学、读书的地方。在我国历史上，岳麓书院、白鹿洞书院、嵩阳书院、应天府书院、石鼓书院等书院学者云集，声名远扬。

随着社会经济的快速发展，城市里随处可见的图书馆、书店、书屋等藏书的地方成了读书人的"世界"，看似满足了现代人求学之需、读书之乐，却少了探讨知识的形式，实则缺少文化交流。

十年前来大理，只知"上关花，下关风，下关风吹上关花；苍山雪，洱海月，洱海月照苍山雪"。十年后的今天再来大理，被这座历史悠久、文化深厚的城市所吸引，被这里孜孜不倦、勤学苦练的文人所折服,更被大理一个叫作"大波那"的村子里的书苑所震撼。

伴着丝丝春雨,跟随苑主,我们从大理下关驱车80余公里,来到了大波那书苑。映入眼帘的是白族"三坊一照壁",青瓦白墙,错落有致的院落,照壁正中间挂有书苑义旨,其中"沐党恩,服务民,播书香,传文脉"让我瞬间对书苑肃然起敬,又好奇万分。走进书苑,院内大朵大朵的山茶花开得红火艳丽,一群红鱼在水井四周清澈的水池里游来游去,为书苑增添了许多灵动的气息。

整个书苑有8个厅室,形成"天地人和,山高水长,明月清风,退思追远"的文化格局。其中"明月轩"的书籍足以让人目瞪口呆。书苑藏书近三万册,涵盖政治、经济、法律、军事、哲学、宗教、文学、历史等方方面面,有历年的云南年鉴、大理当地报刊,还有珍藏的《中国大百科全书》《四库全书》《资治通鉴》《中国通史》《乾隆大藏经》等,都来自社会各界人士捐赠,由苑主整理,实实在在为村民搭建了公共阅读服务平台。

　　桌上摆放的"入苑阅读登记簿"引起了我的注意，翻开满满的登记簿，书苑管理人员将入苑信息记录在册，透过这些文字，我看到了一股崇尚知识、追求进步的民风，一副学习强国该有的精神面貌，一个个值得我学习的榜样……

　　书苑一步一景，内涵丰富，像一个容纳大理文人墨客的文化馆。书苑不仅让众多文人雅士在此挥毫泼墨，抒写对祖国的热爱，对大理的深情，对国学的传承，还设立了"励学金"对本村考取国家重点大学的学子给予"励学奖"，造福了世世代代的村民，营造了为中国崛起和家乡发展而读书的氛围。

　　走出书苑，看到墙面上悬挂的牌子上写有"全国示范农家书屋""云南省全民阅读示范基地""职工书屋"等字样，我的心久久不能平静。我对苑主退休后潜心做学问、以文化传承为己任、造福家乡后人的决心钦佩不已。

　　世间的生活方式是多样的，苑主秉持"心若菩提，清风徐来"的理念,一心为家乡谋发展,一心以文化教化人,一心为培养国之人才付出心血,是我等晚辈一生学习的榜样。

2019. 2. 19

不期而遇的牡丹花

如果说突如其来的初雪是冬天里最纯粹的惊喜，那么不期而遇的牡丹花绝对是无数个春天里，我心中最期待的惊喜。

对于赏牡丹的期待，仅仅源于母亲的一句话："中山公园的牡丹太美了，一定要去看看。"牡丹的最佳观赏期在四月中下旬，这时的北京气温回升，微风和煦，春暖花开。幽默的母亲常会调侃北京，"天太冷，等牡丹花开，我再北上。"母亲心中口中的牡丹，成了我最大的期待。

印象中的牡丹，硕大，艳丽，雍容华贵，是国画里的花开富贵，是诗人笔下的国色天香。为了一睹牡丹风韵，每年我都盼望着春天快来。当春天来了，我忙里偷闲赶到中山公园时，却发现花期已过，带着失望的心情继续期待来年的春天。任何事，在经历一次又一次的失望后，终究会慢慢跌入到无尽的绝望，但心中的期待就像不灭的小火苗，微弱，却执着地闪烁。期待赏花一事，最终竟成了我的小小心结。

上周末，与友人们漫不经心地游走在清华校园。我们照旧从中央主楼走到水木清华，途中，突然一大片怒放的牡丹映入眼帘，花团锦簇，姹紫嫣红，美不胜收，惊喜万分的我惊呼："牡丹花！"

置身于清华牡丹园里，一阵阵香气扑鼻而来，我心中为之振奋，从前只知牡丹美艳，却不知牡丹有香气，且花香浓郁。我俯下身子，轻轻托起一大朵牡丹花，将脸凑到花瓣前，花香四溢，沁人心脾；再细细观察，园里的牡丹形态各异，有的花瓣宽大平展，花色雪白，有的如同绣球一样色彩缤纷，有的层次分明，突显金灿花蕊……清华园中的牡丹，争奇斗艳，芬芳馥郁，让人流连忘返，回味无穷。只有目睹过，我才体会到有"花中之王"美称的牡丹确实堪称"国色天香"，流传千古的佳句"唯有牡丹真国色，花开时节动京城"乃是最贴切的诠释。

　　不期而遇总会给人意外的惊喜。虽然始终没有见到中山公园的牡丹，但是清华园的牡丹足以让我回味好久。生活中，处处有期待，也处处有失望，不是所有的期待都能如愿以偿，也不是所有的努力都有回报，事事可遇不可求，无论生活是否待你温柔，请保持住你的真诚与善良，惊喜总会与你不期而遇。

2019.4.22

小工匠大精神

印象中的景泰蓝是古代皇家御用品,是品味高雅的艺术品,是有着浓浓京味的工艺品。

记得第一次见到景泰蓝是去年参观北京雁栖湖国际会展中心。圆桌上的话筒及房梁上的斗拱运用景泰蓝工艺,吸引了我的注意,木质建材搭配着色彩斑斓的景泰蓝,显得整个会展中心恢宏大气,金碧辉煌,独有一番高贵典雅的中国风。

昨天在景泰蓝资深专家的带领下,走进中国景泰蓝艺术博物馆,讲解员为我们讲述了景泰蓝"前世今生"的故事。博物馆位于北京珐琅厂,馆里有珍品数万件,大多是清朝年间和现代中国工艺美术大师的作品，各式各样，每件作品独一无二。景泰蓝又名"铜胎掐丝珐琅"，起源于元代，清代鼎盛。据讲解员说，古代在"掐丝"工序上，真真切切是用手掐丝。当时人们评判工匠的活好不好，可看工匠的手指老茧厚不厚，如今掐丝工序已改用镊子去做。

在博物馆，通过珍贵的历史档案，我了解到传承至今的景泰蓝工艺，与林徽因先生及几代工艺大师的努力是分不开的。据说，1951年，林徽因与梁思成在古玩摊被一只景泰蓝花瓶吸引。老摊主对林徽因说："这是正宗的景泰蓝，别处你见不到了，北京的景泰蓝热闹了几百年，到这会儿算'绝根儿'了。"这番话引起了林徽因和梁思成对景泰蓝的关注，夫妇二人在清华大学营建系成立工艺美术教研组，经过多番努力，濒危的景泰蓝工艺被抢救了下来。林徽因带出的不少学生也成为其传承者，新中国从事景泰蓝专业设计的第一人钱美华，便师从林徽因。2009年，钱美华大师以82岁高龄完成收官之作大型景泰蓝艺术品《和平尊》，献礼新中国六十华诞，2010年钱美华不幸因病逝世。2015年中国向联合国赠送了和平尊。景泰蓝无数次被作为国赠礼送给国际友人，不仅仅是因为其历史悠久和外表绚丽，更是因为作品背后的深厚内涵。

在珐琅厂的工作车间，一眼望去，几十个工匠埋头工作，灯光明亮，鸦雀无声。走近细细观察，每个人都在专注地做着自己的手工活，有的拿着吸管蘸取矿物质颜料点蓝，有的拿着画笔在铜胎上画稿勾线，有的拿着镊子将宽10mm，厚0.2mm的铜丝折出各种形状，有的蘸着白芨调制而成的浆糊在铜胎上粘丝……一个景泰蓝作品，要经过制胎、掐丝、粘丝、点蓝、烧蓝、打磨、镀金七大工序，及烧丝、正丝、酸洗、烧焊等各种小工序。总而言之，一件看似普通的景泰蓝作品，背后是无数匠人付出的心血。工匠们长时间埋头苦干，步步匠心，团结合作，其精神令人佩服惊叹。

正当我准备离开博物馆时，巧遇中国工艺美术大师米振雄。2017年，米振雄大师创作的《四海同心瓶》被赠送给"一带一路"沿线各国。在布局紧凑且充满艺术氛围的工作室里，80岁高龄的米大师正在进行画稿创作，室内摆满了各种书籍、画稿、作品，我小心翼翼地走进去，只看，不敢触碰，生怕摔坏一个作品。然而，米大师很轻松自然地打开礼盒，把献礼 2022 年北京冬奥会创作的新作品，递到我手中，我捧着瓶子开玩笑："好紧张，我定会抱紧，摔了我会心碎的。"

交谈中，米大师始终保持微笑，笑起来两眼弯成月亮状，他还热情地向我们展示了其他新作品。与大师单独交谈时，大师问我："你是哪里人？"我说："云南人，来自中缅边境，一个美丽的地方——德宏。"大师说："我曾去过云南讲学，云南是个好地方，傣族泼水节很热闹。"我们聊了云南，聊了艺术，当米大师得知我学了多年艺术的时候，表示吃惊。在大众的理念里，大部分学艺术的人可以专注地从事任何职业，但不是所有人都能专注地做好艺术。我欣赏每一位精益求精的艺术大师，每一位敬业、专业的工匠，更欣赏像林徽因一样热爱祖国、精通艺术、才华横溢、为新中国建设呕心沥血奋斗的一代人。我很庆幸，我选择了美学，选择了艺术，也选择了专注。

最后，在中外珐琅美术馆，我们体验了非遗景泰蓝的手工"点蓝"工序。哪怕是一个小小的、已掐丝好的"爵杯"图案，其点蓝的过程还是十分不易。可想而知，一件绚丽夺目的景泰蓝作品背后凝聚了多少人的心血。只有大家团结协作才能完成作品，这个过程传递出更多的是大国精神。小工匠，大精神，景泰蓝作为国礼当之无愧。

对于党员来说，"工匠精神"是我们需要恪守的准则。我们要有求真务实的态度，攻坚克难的作风，富有创造的能力，撸起袖子加油干。新时代任何行业都需要"工匠精神"，这是一种负责担当的态度，一种精益求精的态度，一种敬业精神，一种专业精神。如果各行各业的人们都用"工匠精神"对待手中的工作，中华民族伟大复兴将指日可待。

我特别喜欢同行的一位朋友的一句话，"我的初蓝已上案头，会一直陪伴、照耀我前进的路程。"感谢友人们让我有了一次美妙的体验，一次全新的领悟。

2019.5.24

我们更需要一个性格好的孩子

改革开放四十年，我国经济社会发展取得了巨大的进步，人们对生活质量的需求从"温饱"向"品质"转变，家庭教育的观念从"粗放"向"科学"转变。但是，随着日益激烈的就业形势，"望子成龙""望女成凤"成为了当今大多数父母最迫切的期盼。

我来自滇西南中缅边境美丽的德宏，是八五后独生女，是初为人母的新时代妈妈。九年前来到北京，在摸索中养育孩子，在感受中思考人生，在岁月中憧憬未来。曾经在北京，觉得蓝天白云是奢侈的，随着生态文明建设的不断深入，如今觉得，在北京较为成功的科学育儿是奢侈的。

为了孩子的成长，我像所有北京家长一样，努力在北京为孩子创造良好的学习成长环境。如同网络调侃语，父母成了"挣钱的"，孩子成了"碎钞的"。当孩子走进幼儿园，与同龄的孩子在一起，孩子们各方面的能力有了一个相互比较的环境。我眼睁睁地看着孩子的同学们在学习知识上取得了一些进步，例如：有的孩子每天在父母的督促下写字、认字，有的孩子每天在英语软件上打卡学习，有的孩子每天背诵唐诗宋词，一个个展现出小天才的看家本领，心中难免有些焦虑，担心自己的孩子输在起跑线，担心自己的孩子未来学习成绩不能名列前茅，担心自己的孩子被未来的社会所遗弃。

　　正当育儿焦虑感不断萦绕心头时，"4.17上海17岁男孩跳桥事件"震惊了世人，隔着屏幕都能感受到当时男孩的母亲当场跪地，用手狠狠捶地撕心裂肺的悲痛。这个事件令人扼腕！不仅痛击了男孩母亲的心，也敲醒了我焦虑的心。如教育部"全国学前教育宣传月"的宣传片所述，"关注孩子的情绪比关注孩子的成绩更重要。"的确如此，培养一个性格好的孩子，在孩子的人格、品德、抗压、兴趣等方面都要重点关注，关注孩子全面发展势在必行。每个孩子都是祖国的花朵，是中华民族实现伟大复兴的建设者，家园共育任重而道远。

从前，我带着孩子穿梭于大城市，从一个游乐场玩到另一个游乐场，从一家美食店吃到另一家美食店，享受着大城市带来的一切便捷和舒适。当我发现孩子有挑食、浪费的苗头，有孤单低落的情绪，有暴躁任性的性格，我陷入了深深的沉思。我想到了我的童年时代，放学回家，一路有山有水，有泥土的味道，有稻花的香气，玩得一身脏兮兮，但内心是快乐的。而在北京，车流不息，高楼林立，学校门口补习班宣传单"满天飞"，让最淳朴纯真的快乐变得奢侈，变得遥不可及。现在，我试着带着孩子在云南老家下田栽秧、捉稻花鱼、种地浇菜、爬山玩水、观察昆虫、进山扶贫……在劳动中玩乐，不仅增强了体魄，还达到寓教于乐的目的。虽然没有色彩斑斓的游乐设施，但在大自然的怀抱下孩子不仅玩得很快乐，还收获了对世界的认知，树立正确的三观，进而养成好的性格。

"性格决定命运"这是一个大众公认的观点。性格能最直接地反映出一个人的精神风貌，而态度决定了行为方式。家长应培养孩子的责任感和坚韧的性格，助他日后走向社会成为一个有规矩的人。这些性格品质是生存、为人处世、赢得机遇的基石。相比成绩，我们更需要一个性格好的孩子。

童真是最可贵的，童年是最美好的时期，也是为一生发展奠定基础的关键期。只有在快乐中成长，才能培养出一个性格好的孩子，才能更好地融入社会，成为对社会有用之才。科学的入学准备是当今家庭教育不可或缺的一课，更是新时代每个父母的必修课。

2019. 6. 19

人生里的四个字

上周，收到云大八旬奶奶的信息："你最近有新作吗？发点来读读。你的文章我感兴趣！"这一份突如其来且沉甸甸的鼓励，让我喜出望外，决定写一写最近心中的一些小感悟。两个月来，我工作虽忙，但在新工作中，审视人生，思考问题，有想法，有收获，有进步。深感在纷繁的世界，不同的人对人生的理解是不同的，或许别人理解的并不适合自己，也并不是自己想要的。然而，我理解的人生，离不开四个字"俭、简、拣、减"。

俭

7月26日，我有幸在现场聆听了财政部党组书记、部长刘昆"不忘初心、牢记使命"主题教育专题党课。刘昆部长结合财政工作和调研成果，阐明了艰苦奋斗、勤俭节约的重要意义，强调要牢固树立艰苦奋斗、勤俭节约的思想，并将其切实贯彻到财政改革发展的全过程，进而谈了感受，说了心里话。一堂党课，让我深受启发，刘部长的讲话句句入脑入心。

课上一个关于节俭的例子让我感想深刻。1936年，美国作家埃德加·斯诺来到延安，看到毛泽东住的是简陋的窑洞，周恩来睡的是土炕，彭德怀穿着用缴获的降落伞改制的背心。从这些细小的事情上，他感慨中国共产党人有一种战无不胜的"东方魔力"。老一代人弘扬艰苦奋斗、勤俭节约的精神，全心全意为新中国的发展竭尽全力，是我们年轻一代的榜样。一部中国共产党党史，就是一部艰苦奋斗史。一个国家需要"俭"，一个单位需要"俭"，一个家庭更需要"俭"。

八月上旬休假回乡，我和母亲带孩子逛超市，买了当晚需要的画纸和彩笔及捆蚂蚱的粗线。结账前，孩子突然拿起一盒水晶泥要买，母亲欣然同意。我坚决不同意，我俯下身子轻声劝他："今晚我们画画，捉蚂蚱，没有时间玩水晶泥。还有，家里已经有水晶泥，再买就是浪费了。"经耐心开导，孩子默默地放了回去，接着兴高采烈地推着小车往前走。在物质条件日益提高的今天，每个家长都想给孩子最好的一切，但如果家长摒弃了"俭"的思想，无止境地满足孩子，没有进行合理消费的引导，孩子日后养成大手大脚的习惯，容易有攀比的心理，不利于成长。

放眼社会，从十年前《非诚勿扰》节目中的女嘉宾豪言，"宁愿坐在宝马车里哭，不愿坐在自行车上笑"，到重庆渝北街头保时捷女司机飞扬跋扈引起网民愤怒。一部分人互相攀比，骄奢淫逸，归根结底是从小没有树立"俭"的思想。"俭"是中华传统的美德，是干事创业的基础。修身、齐家、治国、平天下，每一样都离不开"俭"，任何年代都不能丢弃这一品德。

"俭"在我的思想中有着不可或缺的指导地位。曾经，我写过一篇《有感于"俭，吾从众"》，文中提过家中祖训"俭可养志，勤可造诣"。祖上曾遇变故，致使家境窘迫，唯有"俭"方能使家兴人兴。我给父亲写过一封信，信中写过这样的话："我生长在税务大家庭，同时也曾是税务人，深知每一分税款取之于民，来之不易。与部分同龄人相比，我虽没有宝马车，没有爱马仕，但我觉得小时候穿的解放鞋最合脚，坐的三轮车最拉风，边境畹町是我见过最美的地方。"内心的富足和精神的丰富是多少物质财富也无法取代的。

"党和政府带头过紧日子，目的是为老百姓过好日子。"习近平总书记的一番话里有忧患意识，更有为民的情怀。"俭"是拒腐防变的堤防，是恒久不变的党政风气，更是中国共产党人代代相传的宝贵精神。

我的人生离不开"俭"，"俭"是一种人生智慧。

简

曾经有一位七旬智者对我说："人生有四乐：助人为乐，自得其乐，苦中作乐，知足常乐。"这句话对我影响很深。我对此的理解是，人生四乐就是用"简"的态度看待一切，你终将会收获快乐的人生。

记得小时候，母亲为了教育我勤俭节约，只给我买五角钱的小刀削笔,从不买钻笔刀。然而,我的同桌家境贫寒,就连小刀都买不起。我时常会偷偷把我的文具赠予他,当母亲发现我的文具一次次丢失,便质问我。由于害怕被责骂,我常常谎称文具被偷,坚持"被偷不是丢失"的谬论,换来的是一次次棍打。我想,当年母亲若是知道真相,一定是支持我的。助人为乐就是"赠人玫瑰,手有余香",就是温暖别人也温暖自己。这样纯真简单的快乐,能给予人强大的力量和勇气。

6月3日我第一天到部里报到,部里认识已久的一位大哥见到我开玩笑地说:"这下不能到处跑了吧。"很多朋友从微信朋友圈认识我,看着我跑山东、跑江西理家谱,看着我跑卡场镇、王子树村送爱心,看着我赏牡丹、赏雪景……朋友们曾问过我各种各样的问题,"你十年来整理家谱的动力来自什么?""你是出于什么考虑进山送爱心的?""你年纪轻轻写散文不用带娃吗?"……其实,面对这些问题,我的答案只有一个。因为心简单,乐在其中,所以我乐此不疲。

两年前,我随考察团到玉溪拜会褚时健,褚老为我们讲述的一个故事让我记忆犹新。褚老说："小时家中贫穷，在河中抓鱼，路过的街坊笑说，'这家人真有心思'。人生实苦，何不苦中作乐？叫花子养鹦鹉有滋有味。"回过头看自己，如母亲所说，"在北京压力太大、太苦、太不容易，你就是自找苦吃。"虽说自小在父母亲的呵护下长大，但我骨子里就是个不怕苦、不怕难的姑娘，深知先苦后甜的道理。在北京六年的时光中，我尝了很多辛酸苦头，再苦再难也没有让我打过退堂鼓，却更加激励我勇往直前。我的先生是个吃苦耐劳的人，常鼓励我，"任何打拼的第一代人都是最苦的，但也是最了不起的。"我很开心成了京一代，打拼的一代，而不是养尊处优的二代。而在这些苦难的岁月中，我很享受，并懂得了苦中作乐，有苦更有乐。

我很喜欢杨绛先生的一句话："我和谁都不争，和谁争我都不屑。"生活中，总会遇到强势霸道的人，你说一句，他反驳十句，喜欢显摆自己高人一等，殊不知这样喜欢争论的人是最愚蠢的，伤人又伤己。曾经，有个朋友和我说，她婆婆嫌弃她做饭做得不好，常嚼舌根，斥责她，让她精神压力很大，婆婆的刁钻刻薄致使她家庭不和。我很同情她，同时也为她婆婆感到可悲。她婆婆只看到她做饭做得不好，却看不到每次饭后的碗都是儿媳一个人洗。还有另一个朋友生了两个可爱的闺女，有着重男轻女落后思想的父亲对此不乐意，导致家庭关系紧张。无论什么年纪，不懂知足的人不仅让自己不开心，还影响了别人，影响了家庭。心简单，人就简单，生活就简单，简单使人快乐。

我的人生离不开"简"，"简"是一种人生态度。

拣

我曾经问过友人一个问题："如果让你选择，上清华，或者获得1000万元，你会怎么选？"友人说："我会选择获得1000万元，因为只要你想学习，任何时候都不晚。"这就是不同的人对人生有不同的理解，怎么理解都合情合理。而我的选择是上清华。我想把过去错失的东西，一样一样有选择地拣回来。

前段时间，网上热议甲骨文中国公司员工被裁员不值得同情，他们安享外企高薪资、高福利、低压力的工作，最终活成了温水里被煮的青蛙。这让我想到，5月5日我带着孩子去王子树托盘山和盆都两所村完小送书籍和文具，还送去了我写给孩子们的一封信。之后，我一直琢磨那封信似乎缺点内容。信中我叮嘱，"努力读书，考上好大学，仍然是改变自己生活境遇的最重要的途径。"我当时应该再写一句，"学历的光辉随着时间会逐渐褪去，学习和成长不管在哪个阶段都是一个人应该做的。"学历只是敲门砖，持之以恒的学习才是提升自我的关键。

　　读书时，我有句座右铭："要想战胜别人，必须先战胜自己。"我喜欢一点一点地进步，不断挑战自己。姐姐常对我说："别太拼，带好孩子才重要。"我一直都觉得，带好孩子的前提是以身作则，要求孩子做到的，自己也要做到，做孩子的榜样。所以我必须拼，必须努力，把过去没有做到的事，一点点拣回来，拼凑一个满意的自己。比如，我过去不注重运动，现在有计划地运动，每天上下班走路五公里，学游泳，学打球，拣起一个运动的自己……拣起一个没有遗憾的自己。

　　我的人生离不开"拣"，"拣"是一种人生自勉。

减

在夜深人静的时候，在情绪低落失落的时候，在身体疲惫不堪的时候，我的脑海里会浮现一些鼓励的眼神和笑脸，会闪现一些温暖人心的话语和画面。那是外公去世时身边人在雨中为我撑起的一把伞，那是流泪时为我擦眼泪的一张纸巾，那是唱歌时为我鼓劲的一片掌声……一幕幕温存的记忆留在了心里，让我久久不能忘。

8月13日我迎来一项重要的工作，走出办公室那一瞬间，同事对我比了一个鼓励的手势说："加油！"领导给我打气说："加油，细节决定成败！"真正关心你的人都希望你提高、进步，越来越好。就如工作时，玩笑中的一句话，"把你放出去是让你脱胎换骨。"这不禁让我回想到，人生路上沉淀下来的那些好比金坚的情义，那些值得珍惜的亲情和友情。对于那些不怀好意、充满嫉妒的"塑料"情义，那些茫茫人海、萍水相逢的一面之缘，那些人生途中消失不见的淡薄感情……该放则放，该减则减，朋友不在于多，在于纯，在于真。

在昆明工作时，友人送给我一本意气风发时期的芮成钢所写的《虚实之间》，本书塑造了一个青年才俊的形象，一时间他成了年轻人的偶像。他给人留下的印象，让人觉得他时常会说出"我可以代表亚洲""我的好朋友是国际名人"之类的话语。自芮成钢被查"消失"后，网络一片哗然，有人说他心太急，有人说他心太大，有人说他太狂傲。其实，终究是他没有懂得"减"的道理，没有给人生做减法，减去过多的欲望，减去复杂、无效的社交。只"加"不"减"，此心不静，人生难全，心情难悦。

如今微信成为生活中重要的联络工具，朋友圈已经不是当初随心所欲的真正朋友圈。我曾写的《面对面说我想你》说出了我对微信朋友圈的感悟，真正的情义不在虚拟的世界，而在柴米油盐的每一天。一次，有人和我说，因为某人从来不给她的朋友圈点赞，她感到很气愤。面对这番抱怨，我不知所措，不知要怎么安慰、开导她。只活在网络的人，永远收获不到真情；会用减法生活的人，才能拥有真情。我的朋友不多，但每一个朋友都值得我一生珍惜。我重人品，重真诚，重恩情。我愿意分享生活，愿意敞开心扉，愿意对人以诚相待。

人生里的四个字

我的人生离不开"减","减"是一种人生境界。

岁月不居,时节如流。在学习和思考的路上永不停歇。"俭、简、拣、减"是我人生里重要的四个字,就像灯塔照亮了我前行的脚步。

2019.8.15

向往

　　如果说城市有颜色，那么秋天的北京是红色的。香山红艳似火的红叶，故宫庄重的红墙，胡同热闹的红灯笼，百姓门口温暖亲切的五星红旗，天安门广场绚烂夺目的烟花。九月的北京灯火辉煌，花团锦簇，大街小巷的人们个个春风满面，喜笑颜开，处处洋溢着喜迎国庆的欢快氛围。

　　伴随着绚丽秋日，我们即将迎来新中国成立70周年。悄无声息地，天安门广场上矗立起了似红色飘带形状的巨大醒目的电子屏幕，"普天同庆"字样的祝福祖国的巨型花篮在广场中心绽放，天安门经过翻新后，城楼上的黄色琉璃瓦闪耀着更加灿烂的光辉，阅兵和联欢活动一次又一次在天安门广场紧锣密鼓地演练。国庆节一天天临近，欢庆的气氛越来越浓厚，我和母亲期待国庆的心也越来越强烈。

22日晚，我和母亲怀着激动的心情，一路手挽着手，从集合点来到天安门东侧观礼台，观看联欢活动第三次演练。夜幕下的天安门灯火通明，明月当空，清风阵阵，在金水桥南端的长安街上，最为吸引人眼球的是几千名从头到脚穿着星光般闪闪发光服饰的联欢群众，每名群众手持表演道具进行组队，时而组成绿色"参天大树"，时而组成五星红旗，时而组成"新时代"火焰大字。现场奏响一首首耳熟能详的经典歌曲，我和母亲同在座的观众不由自主地起身，挥舞着手里的五星红旗，与联欢群众共唱每一首歌曲，满怀激情。当我站在东华表旁向远处眺望，我看到了一条欢愉的长安街，与往常车水马龙的景象大不一样，长安街俨然成了一个大舞台，联欢群众人潮涌动，红旗高摇，一眼望不到人群的尽头。现场热烈的气氛让人感到震撼，然而在热闹中，我有一瞬间陷入了沉思。

我想到了，70年前为新中国建立浴血奋战的英烈；我想到了，70年前艰苦卓绝的伟大斗争；我想到了，70年前伟大领袖毛主席在天安门城楼上宣告中华人民共和国成立；我还想到了，已去世的和蔼可亲的外公。15年前，外公在世时，在一个阳光灿烂的日子里，我和外公倚靠在藤椅上，仰望天空，我静静地听着外公和我讲他的故事。

我的外公外婆是腾冲人，为了支边建设来到边境瑞丽工作。外公小的时候居住在腾冲，日本侵略军占领腾冲打破了原本宁静美好的生活，战火纷飞，民不聊生。外公说："我爸妈带着我逃进了防空洞，在逃难的路上，爸妈遇难，我成了孤儿。想爸妈了，就去山里抱着爸妈的墓碑哭，哭累了就睡着了，醒来又下山讨生活……我最痛恨日本人！"外公深深地叹了口气，我看到他那沟壑纵横的眼角里积满了泪水，而我的泪水早已止不住，在脸上肆意滑落。

"砰砰砰……"天安门上空烟花绽放，烟花伴着月亮，火红一片，夜空被照亮。我的思绪被拉回到了联欢现场，看着眼前伟大祖国繁荣富强的景象，我想，外公及老一辈的革命家所向往的就是我们今天的生活，和平，美好，幸福。在一片欢呼声中，联欢活动演练顺利结束，我挽着母亲，我们紧紧挨在一起，怀着久久不能平复的心情穿过故宫，坐上了回家的大巴车。

随后的 25 日晚，我和母亲有幸在北京人民大会堂与国家领导人，一同观看了庆祝中华人民共和国成立 70 周年文艺晚会《奋斗吧　中华儿女》预演。这是一部音乐舞蹈史诗，讲述了中国共产党领导中华儿女历经艰苦奋斗，最终在新时代昂首阔步继续前行，并喊出"奋斗吧，中华儿女！"的口号。而后舞台的大屏幕上放映了此前 42 位刚获得国家勋章和国家荣誉称号的"国之脊梁"的影像。每出现一位，现场观众就鼓掌一次，把晚会推向了高潮。

当看到当年汶川地震救人"小英雄"现已长成大小伙子的林浩出场，现场回放了 2008 年北京奥运会开幕式上，他和姚明一起走在中国代表团的最前方。看着这一幕，我一边鼓掌，一边感动地流下了眼泪。我不禁想到，习近平总书记充满深情、质朴真诚的话语，"人民对美好生活的向往，就是我们的奋斗目标。"这句温暖的话语，是实实在在的承诺。在今天的新时代，明天的中国梦也正是所有奋斗的中华儿女的向往。

"幸福都是奋斗出来的"，不忘初心，牢记使命，永远奋斗。祖国安康，人民才会更幸福。此时此刻，我最期待和向往的就是中华人民共和国成立 70 周年大阅兵仪式。我要和家人欢聚一堂看阅兵直播，共享伟大祖国荣光，共庆新中国七十华诞。

愿祖国母亲明天会更好。

2019.9.26

南山行小感

去镇江学习前,有人说,一定要去金山,那里有《白蛇传》叙述的"水漫金山寺";有的人说,一定要去焦山,那里有《水浒传》描写的"焦山定慧寺";还有的人说,一定要去北固山,那里有《三国演义》讲述的"甘露寺刘备招亲"。前不久,看到一篇《晨访读书台》,作者笔下的镇江南山清静隐逸,历史文化让人神往,让人叹服。我寻思着,到了镇江一定要循着足迹,拜谒流传千古的读书台。

乘坐近五个小时的高铁,从北京来到镇江,我们入住南山脚下环境优美的碧榆园。

第二天清晨七点,天刚蒙蒙亮,草地上铺满了白霜,伴着晨雾我们向着深幽的山林出发。按照导航的提示，我们走上了一条看似捷径的爬山小路，穿过竹林寺，上山的路是一眼望不到头的陡峭石阶，大家爬得气喘吁吁，爬一段歇一段。不知不觉中，太阳已缓缓升起，互相鼓励下我们登上了山顶。

短暂地欣赏了日出美景，我们连忙朝着下山的路继续出发。路上，我和同事讲起了"昭明太子读书台"的故事，同事开玩笑地对我说："你不去讲课太可惜了，放心吧，我陪你去。"欢声笑语中，我们竟然翻过了一座大山。

寒冬枯萎的山林，一步一景，鸟声不绝，我们误打误撞走进了"听鹂山房"。屋外绿竹清溪间，耸立着南宋音乐家戴颙的雕塑。我仿佛看见戴颙凝神聚气，双手抚琴。一阵清风划过山间，树叶沙沙作响，青丝随风起舞，身临其境，似乎穿越时空听到了几百年前旷绝一世的琴声。

一声清脆的鸟鸣声划破了宁静的大山，同事在前方呼唤我："你就是来探险的……虎跑泉在这里，快来！"我猛然回过神，告别了戴颙隐居处，两步并作一步，追了上去，终于来到"虎跑泉"。相传梁代昭明太子萧统在南山隐居读书，寻找水源，突然一猛虎随风而至，用爪猛刨山洼，刨出一个洞眼。猛虎走后，洞中流出潺潺泉水，太子掬水尝之，清凉香甜，故名"虎跑泉"。在其附近立着标识牌，同事看了解释，回过头说："说法不一，还有其他说法。"但我更愿意相信我听过的美丽传说。

我心想，找到了"虎跑泉"，"读书台"就在不远处了。沿着山路前进，前方的木质古建筑引起了我们的注意，上书"增华阁"三个字的牌匾高高挂在房屋上方。"看，我们到了！"我兴奋地对同事说。走进阁楼，惊喜地看到"昭明太子读书台"就在阁楼旁，同事开始四处打量，我静静地站在楼前望向远方。

这里又是山顶，登高望远，心旷神怡，红日温暖的光线洒满大山，叽叽喳喳的鸟语声忽近忽远，色彩斑斓的树林映入眼帘，有金黄的银杏，火红的枫叶，青翠的松树，别有一番冬韵。远离喧嚣的读书台给隐逸的南山氤氲了淡淡的书香气。

看着这番景色，我心中产生了很多疑问。首先，在百余年前，是怎样的一个人，才能有着"非必丝与竹，山水有清音"如此高的思想境界？其次，昭明太子萧统在此编辑的《昭明文选》成为我国最早的一部诗文总集，也是李白、杜甫等文人读书学习的重要课本，影响后世。中国文化几千年的发展留下了中华民族一串串智慧的印记，西方社会逐步把目光转向古老的东方，汲取丰富的智慧，文化互补，中国传统文化的价值不应该为我们所忽视，优秀的中国传统文化要在世界文明中光辉灿烂。坚定文化自信，需要我们共同努力。那么，历史悠久、人文荟萃的古城镇江，要如何在历史长河里更好地传承璀璨文脉？

返程路上，我陷入了无限的沉思。我想到了前一晚当地的司机师傅谈道："镇江太小，没有什么。"更联想到了，两年前中央党校姜教授在给我们讲"苏共丧失执政地位的历史教训"时讲述："中国共产党之所以能保持长盛不衰，原因在于肯定前人。"中国的历史文化，同样因为肯定前人而源远流长。

就如习近平总书记亲临考察后的寄语："镇江很有前途。"镇江有江有山，有故事有文化，有名扬天下的"三山"还有招隐山，更有流传千古的读书台。镇江的前途是光明的。

  回到碧榆园，正好可以用早餐并上课。早起花了一个半小时爬山，不仅锻炼了身体，还愉悦了心情。感谢同行的同事，这个岁末的时节让我留下了美好的南山行回忆。

2019. 12. 3

爷爷的爷爷用笔写出的话

在《财新周刊》看到作家谭加东的随笔《我从未见过的祖父》，我脑海里闪现出一丝灵感。又联想到，诺贝尔文学奖得主莫言在瑞典斯德哥尔摩发表的演讲，"尽管我有父母亲的谆谆教导，但我并没改掉我喜欢说话的天性，这使得我的名字'莫言'，很像对自己的讽刺……自己的故事总是有限的，讲完了自己的故事，就必须讲他人的故事。"

在过去的时光里，我一直在讲自己的故事，几次受到母亲的批评。我的母亲就如莫言的母亲一样，希望我能做一个沉默寡言的孩子。虽然我没有在文学上有所造诣，但是文学已经融入了我的生活。

十年前，爷爷有几个兄弟姐妹我都不知道，更别说知道爷爷的爷爷叫什么名字。我们的城市在滇西南少数民族地区，与缅甸只有一江之隔，当地只有景颇族同胞的名字带有孔字，姓孔的汉族人寥寥无几，读书时全校姓孔的只有我一人。

读书时的某一天，突然得知与我不同姓的同桌竟然是我的长辈，我诧异极了，向父亲询问其中的亲戚关系，父亲答不上来，爷爷也答不上来。过去，在施甸老家跟着父辈们上坟，小镇的后山全是孔家祖坟，有民国时期的，也有明清时期的。家族所有人都说，山上的祖坟都是老祖宗，但谁也说不清每座祖坟之间的关系。在无限的好奇和疑惑中，我开始了十年的考古修谱之路。

我曾多次登门拜访亲戚们，听老人们讲故事，查阅历史资料，抱着一大摞白色菊花上山，一边扫墓一边研究。有些墓被盗出现了窟窿，有些墓时间久远出现了塌陷，有些墓风化严重，我用手轻轻地捋了捋挡住碑文的干枝枯草，扫了扫墓碑上的积藓尘土，将指尖放在碑文上，顺着刻字一笔一画描，推测其意。日渐落山，满满使命感的我沉浸于研究墓志铭，已顾不上天色，阵阵晚风吹响了山间树叶，陪我上山的家人被阴森的山林吓得瑟瑟发抖，扯了扯我的衣服说："走吧，太阳快下山了。"不得已，我只好带着拍好的图片资料下山，路途中我一直在用笔和纸进行梳理，有时愁眉不展，有时欣喜若狂。家人发出感叹："你不去学考古学实在是太可惜了！"

远房叔公从家中斑驳的古式行李箱里，拿出一本保存完好但泛黄陈旧的悼词。我小心翼翼地捧着这本格外珍贵的书本，激动万分地翻开一页页纸张。这里有爷爷的爷爷用笔写出的话，他的母亲与世长辞，他悲痛不已，把人生经历和母亲的养育之恩写得淋漓尽致，深入浅出。他说："家计难窘迫唯俭可养志勤可造诣。"还说："树欲静而风不息，子欲养而亲不在，不唯不能以慕欧阳子孟轲氏之为人以遂母志。"我睁大眼，不放过任何一个字地认真研读，我似乎读懂了爷爷的爷爷的思想和经历。这就像是一场穿越时空的对话，我站在爷爷的爷爷跟前，和蔼可亲的他慢条斯理地和我讲述了一个一百年前的故事。我感觉冥冥之中自有天意，盼着有后人去揭开沉寂在云南这片热土上的百余年的家族历史。

走进老家的孔庙，见到爷爷的爷爷于民国癸亥仲夏亲笔题写的"世仰儒宗"四个大字的匾额，高高悬挂在房檐的正中间，浑厚大气，刚劲有力，落款为"知弥渡知事孔广乾敬书"。循着爷爷的爷爷的足迹，我查阅到大理白族自治州弥渡县寅街镇大庄营村东口，有一座建于清光绪十八年，样式古朴、凌空高昂的坊楼，原为本村的李瀍（号菊村）所立。几经风雨，荒废寂寥。爷爷的爷爷孔广乾于民国十二年，禀请将大王庙安乐宫改为李菊村先生祠，供奉其牌位，并题"山高水长"匾一块。云南都督唐继尧题联："滇水名家皆弟子；香山岭上拜先生。"

据考证，爷爷的爷爷孔广乾，字子健，于光绪二十七年中永昌府试秀才，公元1922年11月3日到大理弥渡任职，返乡后在保山施甸潜心教书育人，以写诗著书为乐。再研究祖上的墓志铭，得知六百余年前祖籍系"江西抚州府临川县姚胡溪孔家渡五都人"。另外，生于乾隆庚子年的奉直大夫孔立莃，与元室五品宜人张氏合葬，墓志铭由"翰林院典簿衔丁酉科举人姻愚侄盛毓华顿撰、乙亥科举人湖北郧阳县知县姻愚侄异嗣仲顿书"，但由于自己学识和精力有限，墓碑风化严重，实在难以准确掌握老祖孔立莽等世代祖辈的生前经历。

这些年，我带着我整理的六百余年的家谱，去了江西，去了山东，寻根问祖，一路上涨了知识，开了眼界，也感动了一些人。一位曲阜老人对我说："从来没见过女孩子理家谱，精神可贵，实在难得。"我的爷爷拿着照片对我说："想不到有生之年还能见到父亲和爷爷的照片，更想不到居然是孙女管了这事。"爷爷把照片冲洗出来装框，放在家中日日祭供。每次回云南看爷爷，离开前爷爷总要走出家门送我很远很远，直到看不到我的身影他才转身回家。看着耄耋之年的爷爷开心的样子，我心里觉得这一切都值了。

修族谱是对家族文化的继承，也是孝道的体现。透过百余年的文字，我看到了一部明朝洪武年间至今的家族史，看到了一部同宗血脉生生不息的繁衍史，更看到了一种老祖宗留下的家族精神。这样的精神是"俭可养志，勤可造诣"的勤俭精神，这样的精神是"立身以立学为先，立学以读书为本"的修身精神。

感谢爷爷的爷爷用笔写出的话，不仅让我解开谜团，还让我受益终生。这不禁让我想到了莫言的一句话:"用嘴说出的话随风而散,用笔写出的话永不磨灭。"

我相信,将来一定会有孔家后人把滇西南孔氏家族的历史更进一步完善,把一个个谜团解开,把所有的故事更精彩地诠释。

2019. 12. 15

永相随

有一个哥哥是一种怎样的体验？

我有个哥哥，他叫繁羽，我叫繁翎。大家喊他小名阿早，小时候我便喊他阿早哥。奶奶曾对我说："你们是最亲的兄妹，要叫哥哥，以后就是哥哥妹妹永相随。"听了奶奶的话，八岁的我改了口。

今天是哥哥的婚礼，我提前一个月请好假，在这个暖冬里归心似箭地赶回老家，见证哥哥的幸福。婚礼接亲时，哥哥打电话说要等我，我拿着礼物马不停蹄地往回赶，赶到时，接亲车队正好出发，迎面向我开来。哥哥摇下车窗在风中唤我："来不及了，我们先走，我让他们在后面等你。"一心只想着要跟哥哥走，我快速拦下一辆花车，坐上了车。

车队开出了一段路，在环城路上突然停下，哥哥在前面说："怎么不听我指挥?车子单数去，双数回，繁繁去后面。"我赶紧下车，示意车队快走，别误了时辰，转身往回走。哥哥赶忙下车叫住我，我感到抱歉，连连说："哥哥快走，来不及了！"哥哥摸摸我的头说："你这个小傻瓜，站在马路上多危险，我让他们开车过来接你，我等你。"哥哥的话瞬间触动了我内心柔软的一隅，我强忍着的泪水在眼眶里来来回回打转。

陪着哥哥来到办席场所，大屏幕滚动播放着哥哥和嫂嫂小时候的照片和甜蜜的婚纱照。看到一张哥哥小时候站在中缅界碑旁拍下的照片，我和旁边的妹妹介绍："这张是小时候奶奶带着哥哥和我去缅甸木姐拍的。"气球鲜花把婚礼现场衬托得格外温馨，温暖柔和的灯光下，哥哥着一身黑色西装，帅气又精神，牵着新娘子的哥哥露出了幸福的笑容。看着年长我一岁的哥哥终于步入婚礼殿堂，看着从小一起长大的哥哥找到了人生的另一半，看着哥哥突然间从曾经的小哥哥成了今天的大哥哥样儿。回忆起哥哥的话，哥哥的好，还有我们太多的童年往事，泪水一下子忍不住夺眶而出，我赶忙拿纸巾擦干，装作若无其事的样子。

拍完全家福，婚礼摄影师找到我采集素材，突然把镜头对准我，让我说句祝福语。我开玩笑地说："不让准备一下吗？要即兴发挥呀！"我随即说："哥哥你还记得吗？小时候你把爷爷家的白绿相间的墙面写满乘法口诀，爷爷生气地问谁画的，你说是我画的。从小古灵精怪的你今天拿着小瓶催泪喷射器接亲，我一点都不意外……"说完后，摄影师夸我讲得好，但就是讲太多，事实上我还有很多话没有说完。

我记得，小时候每年春节都是哥哥带着我玩，我们一起放烟花，一起要红包，一起开碰碰车，我们把大门口鞭炮炸出的红纸做成灯笼挂回奶奶家，我们和奶奶一起睡午觉，哥哥醒来穿着我的裙子蹦蹦跳跳，我们玩奶奶的宝贝狗，我们玩葡萄树下奶奶做的竹秋千……小时候我最期待的事之一就是见到哥哥，每次见到哥哥一开始会害羞，躲在妈妈身后不说话，相处一会儿就开始跟着哥哥到处跑。一脸稚气的哥哥说："我以后找媳妇要找像我妹妹这样的。"哥哥的每一句话都印在我幼小的心里，就像我也从来不会忘记哥哥的生日一样。

后来我背井离乡读大学，学校要求假期必须清空宿舍物品，每次都是哥哥带着三四个朋友帮我把所有物品从六楼搬下，开学又搬上六楼。搬得气喘吁吁的哥哥打击我："人家读书只有一箱行李，你有十箱外加电脑桌，以后让你男朋友搬。"结果，我大学四年没找男朋友，哥哥一搬就是四年。

突然有一天，我从那个依赖哥哥的繁繁变成无所不能的老凡。我在北京，可以在没有人帮忙的情况下一个人搬十箱东西上下六楼，可以在没有人过问的情况下凌晨一个人从机场来回，可以在没有人关心的情况下一个人在风雨中坚强地勇往直前。原来有一个哥哥是这世间最美的体验，如果有来生，我还要做哥哥的妹妹。

2020年，哥哥开启了人生新篇章，我想把世间最美的祝福送给哥哥，祝愿哥哥嫂嫂永相随。

2019.12.30

姐妹仨

昨天《半月谈》微信公众号推送了朱天衣的文章《姐妹仨》，细腻平实的文字透露出姐妹相伴长大的点滴故事和朴实情义，勾起了我的回忆。

今天我想借用朱天衣文章开头的两句话，写写那些属于我们的"姐妹仨"。

"我何其有幸有两个姐姐，更何其有幸有两个如此优秀的姐姐。"这句话同样可以概括我整个童年的心境。

我们都是独生女，我们是表姐妹，但胜似亲姐妹。我们相伴长大，一起走过了三十余年的光阴岁月。

琳比我大24天，高我一个年级，是学姐也是家姐，由于同龄我一直叫她琳。琳之前叫大姐姐"表姐",姐姐说不好听,琳便改口与我同叫"姐姐"。

我在畹町,两个姐姐在瑞丽,我们相距 27 公里。每周休息日,父母亲都要开车回瑞丽陪老人、看亲人,幼时的我会晕车,恐惧坐车。我每次坐车几乎都是一路吐到瑞丽,好几次下车呕吐后,摆摆手,说什么都不上车,母亲陪着小小的我走在 320 国道边上,父亲只好开车在后缓慢地跟着。最了解我的母亲总拿"姐姐和琳琳在瑞丽等着你"类似的话哄我上车,这些话对于我是有魔力的。毕竟童年回瑞丽的所有动力,全来自和心心念念的两个姐姐一起玩。原本 27 公里的距离往往让我们走出 72 公里的感觉,以至于印象中的瑞丽是一个很遥远的地方。

姐姐大我和琳 2 岁零 8 个月,是我们的"带头大姐",我们都很尊敬她,也很怕她。用母亲的话来讲就是,我只听姐姐的话,父母的话不及姐姐的话管用。在幼小无知的年岁,姐姐的话就如"圣旨"一样。我不会骑单车,姐姐让琳带我,琳只好乖乖地带我,车一晃,我第一次也是最后一次从单车上摔了下来。后来我学会骑单车了,琳坐前面手扶龙头把脚翘起来，我坐在后面蹬单车，我们在姐姐家小区的长坡上冲下去，又推上来，又冲下去，玩得满头大汗，我们可以开心地玩一整天。

  姐姐有很多"宝藏"：精致的芭比娃娃，漂亮的衣服，数不清的磁带，粉粉的传呼机，满书柜的漫画书……有一段时间，我和琳着迷于翻看姐姐的漫画书，我把姐姐的《机器猫》看了上百集，后来出了《机器猫》动画片《哆啦A梦》，我依旧觉得漫画书好看，还是机器猫亲切。姐姐的芭比娃娃一个比一个好看，它们有着金黄色的长发，看起来很有质感，我还可以随意搬动它们的手和脚。我第一次也是唯一一次说的梦话是："我想要个芭比娃娃。"我被睡在一旁的母亲摇醒，第二天母亲给我买了一个一模一样的芭比娃娃，这是我至今为止唯一一次梦想成真。我们赶上了传呼机的时代，姐姐有一个粉红色的迷你传呼机，特别可爱。后来我们迎来移动电话的时代，姐姐的翻盖手机挂着会响的小铃铛，特别洋气，在被严加管教的我看来，那都是一个个"可望而不可即"的东西。与其说姐姐是"带头大姐"，不如说她是我心中的"偶像姐姐"。

姐妹仁

"拌嘴"应该是姐妹之间常有的事，我和姐姐不见面会想念，一见面总会"拌嘴"。读书时，母亲常说："姐姐的文笔好，你要向姐姐多学习。"姐姐把她写的日记本借阅给我，我在日记本里看到了让我会心一笑的一句话："我不再和妹妹吵架了，我长大了。"我们在吵吵闹闹、恩恩爱爱中长大，当别人欺负我，姐姐第一个站出来，告诉世人："欺负我妹妹就是不可以！"我还记得六年级我从畹町转学到瑞丽当寄读生，一次我穿裙子上学，班里有位女生说我坏话，受委屈的我只会跑回家哭，姐姐二话不说带着同学就去放学的路上拦住那位女生说："和我妹妹道歉！"我吓得连忙说："不用不用。"事后，姐姐教育我性格太柔弱并不是一件好事，姐姐为我好的事，我想记一辈子。

我们自小就喜欢待在姐姐家玩，在那个被蚊帐笼罩的床上，我和琳通宵讲悄悄话，讲了一次又一次。我在畹町收到唯一的信，是琳给我邮寄的，还附带了任贤齐的签名照片。琳去读大学，给高中的我写信，鼓励我。姐姐离家读书前，写了一封信，叠成松树状，悄悄地放在我的书包里，鼓励我。我很惭愧，只有姐姐们鼓励我，至今我没有写过一封信给姐姐们。

我们姐妹仨自小都是扎高高的马尾,辫子一个比一个粗,两个姐姐从小天生丽质,又聪明,又好看。翻看我们合影的老照片,我5岁时顶着"儿子头"穿着解放鞋,姐姐们留着长头发穿着小摆裙;我15岁时戴着眼镜和牙套,姐姐们戴着墨镜,打着花伞;我21岁时胖到买的衣服穿不了,姐姐们永远都是又高又瘦又漂亮。

小时候,母亲鼓励我说:"琳琳可以做到过目不忘,你能做的就是笨鸟先飞。"这句话留存在我的脑海里很久。事实上,我照着母亲教的方法努力,仅仅是战胜了自己。琳记一遍的东西,我得下苦功记一百遍……站上演讲台并拿奖之前,没有人知道我背后彩排了多少遍,付出了多少努力。就如今天有人说我瘦了,没有人知道我几乎不吃零食。也没有人知道为了能迅速适应新工作环境,"笨鸟先飞"的我凌晨六点半到岗在走廊来来回回走了三十多遍记相关信息。当有人对我说:"你是美女,有人妒忌,有人远离。"我还挺高兴,有人觉得我不难看,也说明我朝两个姐姐更进一步了。

如果说过去永不停歇的脚步是因为我有两个优秀的姐

姐妹仨

姐，现在永不停歇的脚步，是因为我习惯了。

我在想念我们姐妹仨，想念那些我们在油菜花地里拍下的无忧无虑的笑容。

我在期望，期望姐姐们一如既往地鼓励我。

2020. 2. 25

生命的开花——巴金著《随想录》读后感

同事调侃我:"你那本比砖头还厚的书是什么书?""抱着那么厚的书看,以前读书没读够啊?"我用了近两个月的时间,见缝插针地读完了巴金先生写的四十六万余字的《随想录》。

年过七十身患疾病的巴金先生给自己定了五年写一百五十篇"随想"的计划,但历时八年,年过八十才完成计划。《随想录》共五册,分别是《随想录》《探索集》《真话集》《病中集》《无题集》,巴金先生一篇一篇地写,一篇一篇地发表在香港《大公报》,于 1978 年 12 月开始发表第一篇,于 1986 年 8 月发表最后一篇。

生命的开花——巴金著《随想录》读后感

　　巴金先生带病执笔，回忆心痛的往事，写得很沉痛。我实在不忍心看漏一个字，精读了每一篇文章，跟着巴金先生的悲一起悲，跟着巴金先生的痛一起痛。这本书记录了巴金先生几十年创作道路上的收获和甘苦，值得一生怀念的友谊，以及理想和愿景。

　　生长于封建大家庭的巴金先生，从小在私塾念书，背"四书五经"，二十三岁的巴金先生于1927年1月来到法国，在沙多—吉里城拉封丹中学读书，在法国写的小说《灭亡》于1929年发表后开始正式步入文学创作的道路。巴金先生称封建家庭为"专制的黑暗王国"，憎恨着三纲五常、三寸金莲、男尊女卑、家长专制等一切腐朽发臭的落后事物。作为"五四"的儿子，巴金先生被"五四"的年轻英雄所唤醒、所引领，"五四"精神让他睁开了眼睛。在半封建、半殖民地的中国，巴金先生和同学们畅谈未来和革命，到处寻找救国救民的道路，控诉腐败的封建社会制度，反对帝国主义，反对封建主义，反对军阀割据。巴金先生要摧毁封建家庭的堡垒，让生活的激流永远奔腾，发表了"激流三部曲"。在危难时刻，友情成为他生命中的一盏明灯,让生存有了光彩,让生命开花。巴金先生的很多篇文章怀念了生命中的真诚的朋友和每一份真挚的友谊。巴金先生称,只想把自己的全部感情、全部爱憎消耗干净,然后问心无愧地离开人世。《随想录》是他留给后人的"遗嘱",是"生命的开花"。

巴金先生说:"从我闯进'文坛'的时候起就反复声明自己不是文学家……我不是用文学技巧,只是用作者的精神世界和真实感情打动读者,鼓舞他们前进。""我不靠驾驭文字的本领,因为我没有本领,我靠的是感情。对人对事我有真诚的感情。""对一个作家来说,更重要的是艺术的良心。"我写的小文也曾被人质疑过文学技巧,我似乎从巴金先生的书中找到了答案。倘使我没看过这本书,我想,至今我都找不到我想要的答案。我想,我也会像巴金先生一样终究有被真正理解和认可的那一天。

年过八十的巴金先生克服病魔和干扰完成了自己的计划。原本高龄的老人可以不受脑力、体力的劳累安享晚年,然而巴金先生有太多不吐不快、藏了多年的话。巴金先生比很多年轻人还要勤奋，还要有计划，我不得不佩服前辈的精神。前辈坚韧不拔的意志和坚持阅读写作的恒心是我一生学习的目标。

等疫情结束，我第一个想去的地方就是巴金先生努力创办的"中国现代文学馆"。

2020. 3. 4

融进生命里的财税情

又是一个寂静的夜，我站在一树香气袭人的玉兰花下，抬头静静地望着满树花开。每一朵洁白的花都在争先恐后地绽放，像在给不舍昼夜的财政人鼓劲打气，还像在给即将离别的日子增添一些热烈的气氛。

我闭上眼，深深地吸了口气，沁人心脾的花香味让我感到前所未有的舒心愉悦。脑海里浮现出一幕幕近一年以来的场景，那些笑容，那些话语，那些友谊。假如世间有时光机，我还想再看一眼照亮了初雪的那盏灯，我还想坐在办公室里再听听风雨声，我还想和大家再唱着歌，摇着旗，看着五星红旗从头顶飘过……虽然不能再经历了，但所有的经历都已留在心里。

今天，我又开始繁忙的一天。当我听到浇花的老师傅说，他明年要接送孙女，不干了，我问出了压在心中已久的问题："师傅，您在这干了这么久，有什么感受？"老师傅说："我把这里当家了。"一句"当家了"，朴实无华，自然真切，让我感慨万千，眼前浮现出很多过往的画面。

年过花甲的老师傅，一个人在单位浇花，一干就是16年。我经常在单位的各个角落，看见他穿着一身蓝色工装的身影。有时见到老师傅在食堂楼梯间，弯着身子，拿抹布清洗每一片花叶；有时见老师傅在正门给一排青翠的竹子修剪枯叶；有时见老师傅搬运火红的三角梅。一次，我乘电梯，老师傅在电梯门口擦拭着叶子，我忍不住上前和老师傅问好："师傅好，这花一尘不染，太漂亮了！"老师傅笑了笑说"谢谢"。随后，每次不管是在食堂吃早餐，还是路上遇见，我都会主动和老师傅打招呼，老师傅黝黑的面庞会露出缺颗牙的微笑。

我刚到时，办公室刚装修好不久，处领导让我发挥特长，美化办公室。利用休息日，我花了一天的时间，给旧沙发套上了崭新的沙发套，按类别收纳归整所有物品，拿塑料线捆绑好散落的电线，清理干净桌面、文件柜、储物柜，给办公室订了六盆绿萝。自从办公室多了六盆绿萝，老师傅开始按时到办公室浇水。

一天，我正埋头干活，老师傅不声不响地拎着水壶走进来，踮起脚尖正试图去抬文件柜顶上的绿萝。我猛然抬起头，赶忙过去帮忙，有些不好意思地说："师傅早，以后您不用来帮我们浇水，我们自己浇。"老师傅扶了扶眼镜说："不行，我得管，不管它们会死。"

每隔一或两天，老师傅都会推着装有大桶水的推车停在办公室门口，抬着一个又高又大的花盆走进来，然后把花盆倒过来口朝下放在地上，穿着老北京布鞋熟练地站在花盆上，伸出双手去抬高处摆放的、枝叶两米长的绿萝。每天早上八点以前，我一边做着最紧张的工作，一边叮嘱老师傅注意安全。

疫情防控期间，大部分时间，老师傅成了我每天早上在办公室见到的第一个人。我和老师傅每天早上寒暄成了一种习惯。我学着北京人惯用的打招呼的方式："师傅早，吃了吗？"老师傅偶尔也会关心我一下："又是一个人？很辛苦呀，吃了早点再干活，不要饿着。"

老师傅关心的话语，让我突然哽咽了，不知说点什么好。

回想这些时光，我听到了很多暖心的话语，特别想把这些话语记下来，永远都不忘记。我坐在办公室，来取文件的老大姐、老大哥偶尔会驻足和我说："看你静静地看书，我心里就感觉很静。""你性格特别好，笑起来很好看。""自从你来了，天天希望见到你。"……还有其他在不同场景里的话语，都温暖了我的整个冬天，都留在了我的心里。希望我的出现给大家带来些许快乐。

我要感谢浇花的老师傅把办公室的绿萝照顾得那么好，让我每天在生机勃勃的环境里，心情美好。我要感谢所有遇见的人和事，感谢大家的照顾，让我收获了难忘美好的回忆。

我记得去年年底，处领导让大家总结并展望，我说了心里话。我们一家三代人在祖国发展进程中，不同时期与财税结缘，爷爷是财政预算干部，爸爸是干了三十余年的税务干部，我是从小生长在税务大家庭的孩子，我曾是税务人，现短暂地做着我热爱的财政工作。"财税"两个字，在我的心中举足轻重。如果说什么是我最痛心舍弃的，那就是税务事业的坚守。6年前我舍弃税务事业，离开税务大家庭有太多不舍，不能为父辈们奉献一生的事业继续坚守我倍感遗憾。很多人和我说职场都是"围城"，我想说这不是围城，是信仰，是融进生命里的财税情。

2020.4.2 于北京春暖花开间

光荣神圣的人

三年前,我围绕"生""老""病""死"四个主题思考。我曾写过"生"的主题文章《好好生活》,写过"老"的主题文章《憧憬"老凡"的老年生活》,这些主题我越写越沉重,一度感到惶恐、窒息,脑袋一片空白,索性搁笔,不去触碰。

今天,我想写一写关于"死"的主题。

这三年,在不知不觉中,我竟与八宝山有了些联系,对"死亡"有了些感悟。记得我第一次踏进八宝山,是和同志们代表家乡政府向中共一大代表董必武之子董良翮敬献花圈。我从头到脚一身黑衣走进殡仪馆,现场大屏幕滚动播放逝者生前参加《鲁豫有约》访谈的画面，馆里给每个人发一支白色菊花、戴在胸前的白纸花和逝者生平简介。前来悼念的亲朋挚友挤满了场馆，另一旁偶有西装革履的人们从单独通道急步走过。我被夹在三人为一排的长队中，不时看看身边人们的着装，不时看看旁边葱郁的松树，跟着队伍挪着步子有序进馆，鞠躬献花表达哀思。我只记得，丧礼在一片寂静中举行，没人说一句话，肃静庄重的丧礼氛围，与我熟悉的"吹拉弹唱"的丧礼民俗形成对比，我甚至听到了自己呼吸的声音。直到离开八宝山，我才深深地松了一口气。

每年清明时节，我都不能回乡扫墓，只能隔着手机屏幕，看着远方的家人准备供品上山祭扫。在寄托哀思的日子里，我想到了八宝山。我两次带着同事以开展支部活动的形式走进八宝山，从一开始摸不着北到逐渐了解环境。我常会站在一座墓前，一站就是好一会儿。我站在老舍先生的墓前，看着颇具风格、四四方方的墓碑上镌刻着一句话"文艺界尽责的小卒，睡在这里"，想到老舍先生的话："死是最简单容易的事，活着已经是在地狱里。"站在林徽因先辈的墓前，看着古朴雅致的墓碑上仅留下七个字"建筑师林徽因墓"，想到林徽因在《悼志摩》中哀恸哽咽地写下："这难堪的永远静寂和消沉便是死的最残酷处。"我想到了林徽因为了自己热爱的事业拼搏到最后一刻，想到了自己的热爱。

我在一座座墓间兜兜转转，沉浸在令人感动的碑铭里"救国危亡，舍家忘我""回首往事全无悔，苟利国家生死以""但愿到了明天，今天已成昨天，你依然在我身边""亲爱的爸爸妈妈我们永远怀念您"……

猛然间，我看到一句话："我是谁？这不重要。我做过什么？也不重要。我的经历、我的职务、我的待遇，等等，都不重要。人，就是人，光荣的人，神圣的人，即共产党人。"我不由自主地放声读出来，眼眶微润。我的目光久久不能从石刻文字上离开，透过文字，我感悟到生命的价值，敬佩之心油然而生。随后，我抬头想了解逝者的生平事迹。然而，这座墓只留下逝者的名字和生死日期，没有留下其他信息。

家里大伯把爷爷奶奶的"墓志铭"交由我写，我决定好好钻研，拉着老茂专程来到八宝山。五一假期，八宝山除了寥寥无几的工作人员，没有一名祭扫人员。阵阵热浪吹拂着一排排笔直的松树，整个园子除了清脆响亮的几声鸟鸣，几乎没有任何声音。第一次到八宝山的老茂脚步显得有些凌乱，双唇紧闭，一声不吭。我们站在龙云主席的墓前，我神情自然地向老茂讲述，我是怎么发现这座墓的，以及连续三年都来此祭扫。我一说话，老茂就打断我的话，小心翼翼地说："不要说话，我自己看。"

不一会儿，远处传来一声动静。一位浇花的师傅推着手推车缓缓走来，停下车，从车里吃力地提起一桶水，走到我们跟前，给墓碑四周一盆盆小松树浇水。几分钟后，师傅开口说话："你们是来旅游的？"我想了想说："不是，是来扫墓的。"紧接着，师傅冒出一句话："平时工作辛苦吗？"我怔住答道："每天早上六点起床上班……"我望着烈日下满头大汗的师傅，紧接着说："师傅，您一人给整个园子浇花很辛苦啊！"师傅笑了笑说："没有一份工作不辛苦……"

返程的路上，我感叹道："八宝山有灵气！"老茂瞪大了眼睛疑惑地看着我，我又说："因为来八宝山走一走，对'死'会有更深刻的理解，所以我现在看待任何事物会多看好的一面，看你也会多看优点。倘若你觉得暴躁或不开心，你可以来八宝山走一走，或许会找到答案。我找到了。"

  其实，在生死面前，其他的事都是小事。而我们与死亡的距离也不会是无限的，毕竟生命脆弱。

2020.5.29

如果有来生

写下标题时，我想到孩提时代，姐妹间互问的问题："如果有来生，你想变成什么？"

变成一只小鸟，可以自由自在地飞翔；变成一颗星星，可以在夜空守护人间；变成一朵白云，可以无拘无束地随风飘动。在日复一日年复一年的岁月里，肩上的担子，心中的使命，追赶着许多人马不停蹄地往前走，甚至没有时间停下脚步去拥抱自然，去放空自己，去感受生命。

我们姐妹仨天各一方，聚少离多，回想上次三人相聚已是两年前。姐姐们说等我学习结束，一定要相约大理，爬一爬我们心心念念的苍山。

清晨，我们从龙山沿着洱海狭长的海岸线，驱车20公里来到苍山脚下。映入眼帘的苍山郁郁苍苍，苍翠葱茏，在湛蓝明净的天空映衬下更显巍峨雄壮。一团团一朵朵白云轻轻地拥抱着山顶，风吹着云，云盘在山，若隐若现的山顶让人充满遐想。我们乘坐缆车从山脚缓缓向山顶出发，俯瞰山体，山间植物多种多样。零星的杜鹃花散落在高大挺拔的杉树间，海拔高的杉树树冠很尖，平展的针叶上长有黄色球果，深藏高山，造型奇特，与众不同。翻过一座面朝洱海的高山，再爬上另一座直冲云霄的高山，一阵阵疾风呼啸而过，我们听着风声，在摇摇晃晃的缆车里紧张地抱成一团，姨妈紧闭双眼说："再也不爬苍山了！"

走出缆车，站在一片白茫茫的山间，从气温28度的坝区来到气温3度的山区，从海拔1972米的洱海边来到海拔3900米的苍山间，适应了海拔低的地方，突然登上海拔高的高山，我感到耳膜不适，头晕目眩，呼吸有些困难。当随行的人止步不前，决定返回山下，我坚持约上姐姐们租防寒服勇往直前，再往山顶方向爬1公里多，去看看传说中的洗马潭和杜鹃花。

一路向北

　　我们顺着有标识的曲曲折折的栈道拾级而上。沿路冷杉柏树傲骨铮铮屹立不倒，溪水雪水蜿蜒流淌叮咚作响，小草小花扎根石缝摇曳风中。我们迎着凛冽寒风，朝着洗马潭赶路，越往上走越艰难，姐姐在后面气喘吁吁地呼喊道："还有多远啊？"琳回头鼓励我们："坚持！只有400米了！"只见栈道上，零零散散坐着面色苍白或通红的游客拿着氧气瓶休息。我咬咬牙坚持下来，不知走了多长时间，琳兴奋地指着远处矗立着石碑的地方说："这肯定是一个景点！"瞬间，大风刮起，吹散了笼罩的迷雾，立碑的地方渐渐清晰。一潭清池呈现眼前，我激动不已地说："洗马潭！我们到了！"站在海拔3920米的洗马潭，奇观美景尽收眼底。据了解，洗马潭面积约4500平方米，地处青藏高原喜马拉雅山系的南端。相传，元世祖忽必烈征大理时，率兵翻越苍山，曾在这里驻扎洗马，洗马潭因此而得名。

　　洗马潭水面雾气弥漫，虽然我们没能看清潭水全貌，但是潭水周围杜鹃花傲然盛开，美不胜收。高山流水之间，大片大片的白色杜鹃花在云雾缭绕中吐露芬芳，铺满山峰。走近观赏，花朵纯洁无瑕，净白素丽，花瓣上挂着晶莹剔透的露珠，宛如天山雪莲一样神圣。我被苍山的"大理杜鹃花"深深吸引，我静静地望着神奇又神秘的高寒植被，感悟生命力的顽强，还有多彩世界的美好。

  猛然间，我想到听说当年我呱呱落地时，爷爷曾给我取名"繁娟"。听妈妈说，因为我出生那年，爷爷种的杜鹃花开得正好。之后，发现与远房表姐重名，我四个月大时，爷爷给我改了名。过去很长一段时间，我对杜鹃花无感，直到今天，我遇见苍山上的高寒杜鹃花。

  崇山峻岭中的杜鹃怒放，震撼我的心灵。高寒杜鹃没有牡丹的精美华贵，不及月季的五彩缤纷，甘于在寒风刺骨中默默无闻，独自开放，坚贞不屈，纯洁清丽。

  如果有来生，我想变成一株高寒杜鹃花，不与百花争时光，不和群芳斗艳丽，处幽静深谷，与小溪为伴。

  如果有来生，如果有来生。

2020.6.20 于大理山水间

端午的味道

今日端午，外面下着瓢泼大雨，我冒雨赶到医院。午休闲暇时，一边守着爷爷打吊瓶药水，一边读了人民文学出版社公众号推送的冯骥才的散文《小雨入端午》。冯老先生闲坐心居，触景生情，开始讲述六十年前关于丝线粽子的故事，耐人寻味。

丝线粽子是冯老先生的端午情结，而我的端午情结，要从一颗荔枝说起。

在这个特殊的仲夏端午，我在医院守护着爷爷，抹着眼泪，隔着手机屏幕看着家家户户悬钟馗像，挂艾叶菖蒲，吃粽子，饮雄黄酒……隔空感受着传承两千多年的中华民族文

端午的味道

化风俗,在历史的长河中熠熠生辉。在我的记忆里,端午不仅是粽子的味道,还是荔枝的味道,也是家的味道。

爷爷家有一棵长满苔藓的粗壮的荔枝老树,与我同岁。听奶奶说,这棵老树是20世纪80年代搬新家时栽种的,年年挂果。荔枝树在我的印象中,静静地长在院子的角落里,倾斜曲折的树干略显老态,却枝叶茂盛,树冠遮天蔽日,一串串通红的荔枝挂满树梢,装饰了房屋二楼的阳台。每年端午,正值荔枝丰收季节,小时候的我喜欢爬上爷爷家二楼的阳台,挑选最红最大的荔枝,边摘边吃。剥开鳞斑状突起的果皮,果肉乳白透亮,只要轻轻咬一口,便感觉清爽甘甜,多汁鲜美。爷爷家的荔枝,是我吃过最好吃的荔枝。

荔枝不容易保存。俗话说:"一日而色变,二日而香变,三日而味变,四五日外,色香味尽去矣。"我想,集万千宠爱于一身的杨贵妃吃到的"妃子笑",在没有现代交通工具的唐朝,就算是快马加鞭,从南方送到长安也得耗费数日。唯有边摘边吃,才能体会到"日啖荔枝三百颗"的酣畅淋漓。

长途跋涉回到家,母亲拿出一篮荔枝给我。我心想:爷爷家的荔枝应该也成熟了……在他乡，吃荔枝时，有时会看到白色蛆虫，有时会吃到不新鲜的味道。吃过爷爷家的荔枝，我一直对外面的荔枝很排斥。离家多年，我已多年没吃过荔枝。母亲递给我一颗荔枝，我勉强剥了一颗，扔进嘴里，慢慢品尝，吃惊地问："这是爷爷家的荔枝吧！"确实是爷爷家的荔枝，这样的味道是淡淡的乡愁，已深深地融进端午情结里。

　　端午注定是伤感的。我和奶奶守着爷爷，爷爷一整天只喝了两调羹汤粥，奶奶叹了气、红了眼说："猫都比你爷爷吃得多！"如今，爷爷已不知自己种的一年一季的荔枝又成熟了……

　　雨水肆意中，我和奶奶打着一把小伞紧紧地靠在一起，我听着淅沥的雨声和奶奶的教诲，脑海里浮现着远远近近未了的思考。

　　我和奶奶结伴进家，拍打着沾满全身的雨水，我用吹风机给奶奶吹着鞋子，奶奶从屋里拿出一篮荔枝。

2020.6.25 于雨中端午

真正的自由

有没有一座城，注入心中，让你神往？

在我的梦境里，神圣西藏，魂牵梦绕。

我对西藏的向往，源于20世纪90年代一部《红河谷》。藏族公主丹珠牺牲时唱的藏歌，牢牢深埋在我的童年记忆里。十年前，父亲曾经承诺我，若我考进公务员队伍，奖励我西藏之行，后来西藏之行在忙碌的时光中不再被提起，却在我心里挥之不去。我曾经在网上读到过一篇文章《沿着怒江去拉萨》，跟随优美的文字，幻想着一路自驾进藏的风景，静谧安详，美轮美奂，甚至想照此攻略沿着怒江去拉萨。

总是盼着孩子大了，一起出发。总是盼着父亲闲了，一起出发。总是盼着有人召集，一起出发。当夜深人静的时候，一个人隔着屏幕，看着东莞九零后父亲带着4岁女儿做了一件别人看来很"疯狂"的事情，骑行71天，跨越近4000公里，从东莞一路玩到拉萨。可爱的女孩儿兜兜迎着清风阳光笑容甜美，对着被琐碎生活牵绊住脚步的我们大喊："我们到西藏啦！"听了一遍又一遍，我的心情久久不能平静。我想，除了积极工作，好好生活也是生命的真谛。所以，我们姐妹仨出发了。

飞机掠过绵延起伏的山峦，窗外山脊耸立，时而出现积雪覆盖的山峰，时而出现峡谷间一汪碧水，不同于滇西南的茂密雨林和秀美山川，青藏高原上高耸陡峭的雄伟山峦有另一种独特之美。眺望远方，我正巧看到山体上印有红色汉藏双语大字"祖国万岁"，无限感叹祖国大美山河雄壮而多姿，文明灿烂而伟大，文化博大而精深。

飞机缓缓降落在拉萨贡嘎机场，走出机舱那一刻，看着更低的白云点缀着蓝天，我终于说出那句藏在心里的话："我们到西藏啦！"

家

启程前，家人叮嘱："不要跑跳，要慢行……"我像只蜗牛一样慢慢移动，说话轻声细语，就怕出现高原反应。坐上友人的车，一路穿梭在群山之间，看着车窗外的高原景色，听着友人说着西藏的变迁和发展，我们在欢声笑语中来到拥有超高人气的"吉祥圣雪"藏餐厅。

餐厅坐落在藏族民居中，走在凹凸不平的巷子，我们好不容易找到餐厅，印证那句颠扑不破的"酒香不怕巷子深"。走进餐厅，我感到头疼加剧，但坚持跟随热情好客的老板娘参观藏族民居。这是两层四合院式的藏族建筑，门口摆放着体积巨大、栩栩如生的牦牛和藏獒标本，细看还有藏家火炉、土罐、睡莲、不知品种的绿色石头……整个环境被五彩的布帘、布花、布灯装饰得耀眼夺目，四周悬满来自全国各地骑行、户外运动等联盟送上的五颜六色的旗帜，扶梯墙面上挂满来自五湖四海的游人、名人和老板娘在餐厅的合影，二楼楼道摆放着琳琅满目的旧家具、奇珍异石、礼佛物品。

身穿卡其色藏族服饰的老板娘把我们带进家中客厅，暖橘色的灯光洒在她黝黑的皮肤上，使她更显神采奕奕。客厅壁橱里摆放的，有周恩来总理和藏民的合影，有盛装打扮的家庭成员合照，有党的理论书籍，林林总总的物件，让人目不暇接。老板娘用流利的普通话说："这是我的家……"在老板娘介绍下，我们惊喜得知，她的公公是西藏第一批中央民大的学生，婆婆是第一批登珠峰队员。她家里存放的千年灵芝和鹦鹉螺化石更是让我们大开眼界。

餐厅已创办十二年之久，当说到"家"的时候，老板娘脸上洋溢着幸福的笑容。老板娘满含深情地说："得益于党中央关心和全国支援，我们藏民的生活越来越好。游客越来越多，大家都想看看藏民的家，于是我想把我的家毫无保留地展示给大家……"每天慕名而来的游客挤满餐厅，老板娘一遍又一遍地重复着"家"的故事，可以感受到她每说一遍都像是说第一遍一样，激情洋溢，真情流露。

我戴上老板娘献过来的哈达，在"家"里吃着牦牛肉，喝着酥油茶，想着友人的话："离家，都会吃苦。"想着老板娘的话："我的家越来越好。"我陷入了良久的沉思。

善

第二天清晨，我们从酒店步行 1 公里来到布达拉宫。远望布达拉宫，依山垒砌，殿宇嵯峨，这座藏式古建筑，宫墙红白相间，宫顶金碧辉煌，整座宫殿坐落在玛布日山上，分为红宫和白宫两个部分，总共有十三层，是历代达赖喇嘛冬宫居所和政教活动地，也是供奉历世达赖喇嘛灵塔之地。

值得注意的是，红宫的红墙是用白玛草染上赭红色堆积而成，可以减轻宫殿重量。白宫白墙的染料中添加牛奶和白糖，所以白墙又称牛奶墙。雨水冲刷宫殿墙体会影响墙面颜色，因此当地人每个月对宫殿外墙粉刷一次。阿嘎土、牛奶墙、白玛草成为藏式建筑的三大精粹，在藏区随处可见。红白墙在蓝天白云的映衬下，干净明亮，纯粹圣洁。

我们在宫殿里穿行，木质楼梯狭窄陡峭，每爬完一层楼，便感到气喘吁吁，头疼难耐。来到红宫，令我印象深刻的是萨达朗杰，意为三界殿，处于红宫主楼正中制高点，殿内供有藏、汉、满、蒙四种文字书写的康熙皇帝的牌位，"当今皇帝万岁万万岁"，还供有银质 11 面观世音塑像，数千余尊珍贵合金佛像。观察殿内四周，房梁上雕刻着栩栩如生的龙头图案，屋顶上方布满精致的龙纹刺绣。僧侣们在殿内倚窗打坐，有的闭眼诵经，有的晒太阳聊天，他们沉浸在自己的世界里，似乎殿内游人如织的景象不曾在他们的视野之中。走过强康、轮朗康、其美德丹基、帕巴拉康、冲绕拉康……惊奇地发现藏传佛教的佛像区别于其他佛教，却与尼泊尔佛教的佛像如出一辙。

突然，天空下起了小雨，淋着雨，我头痛欲裂，匆忙离开布达拉宫。在宫外，遇见手戴护具，膝着护膝，身前挂着防水围布，三步一跪拜的虔诚的朝圣者。雨越下越大，回头看布达拉宫，整个宫外只留下朝圣者磕长头的身影……

午后，我们继续前往具有一千三百年灿烂历史的大昭寺，这里号称"佛祖的天堂"，在藏传佛教中拥有至高无上的地位。听导游讲，文成公主带着"释迦牟尼十二岁等身像"从长安到吐蕃足足走了三年，吐蕃为了防止唐军夺走"释迦牟尼十二岁等身像"，将其藏在大昭寺，至今保存完好。大昭寺还流传着圣羊背土填卧塘湖的传说。我们参观了正殿弥勒佛和莲花生佛，还有观音菩萨殿、祖孙三法王殿、度母殿等，抚摸了尼泊尔公主带来的已有千年历史的檀香

真正的自由

木，欣赏了寺内画有佛祖传授佛法经过的壁画。

仔细观察，寺内用粗壮的檀香木做的柱子上有大大小小的牙齿印。据说，古时外地朝圣者三步一跪拜到大昭寺，经常会在路途中发生意外去世，人们会把朝圣者的牙齿拔下来带到大昭寺插进柱子上，帮助朝圣者圆梦大昭寺，得到佛祖保佑。曾经生活困难，信徒们带植物油供油灯，长此以往把寺内屋脊房梁熏成如今的漆黑。现在生活富裕，信徒们从牛奶中提炼油，供酥油灯。每天早上成群结队的信徒都会带着酥油金粉，到寺里添油灯，给佛祖刷金粉。由于大昭寺周围环境正在改造，很遗憾我们没能见到人山人海朝拜的情景。

我不曾对佛学有深度研究，我只知道，存善心做好事，让自己心安无悔。

当你看过世间丑恶的一面，不禁感叹在拉萨，在布达拉宫，在大昭寺，在八廓街，每个人都有自己丰富强大的内心，这里没有功利，这里没有攀比，这里有的，是信仰，是"善"的信仰。

自由

在拉萨我总是半睡半醒，凌晨两点醒来睡不着，只好起身写小文。熬到天亮,我拖着疲惫的身躯开启前往羊卓雍措观光的一天。

从拉萨城区到羊卓雍措有 100 多公里,耗时两个多小时,路径曲水。我们乘车飞驰在青藏高原的公路上,我静静地看着西藏神奇圣洁的旖旎风光。拉萨河清澈明朗,河道宽,自东向西流淌,穿城而过,奔流不息。出城,郊区长满草甸的石山巍峨挺拔,山脚下裸露在外的石头上,有的出现白色染料绘制的"梯子"。听友人说,这是藏民为去世的亲人画的"天梯",寄托了帮助亲人到达极乐世界的愿望。这样的天梯类似很有民族特色。

公路两边绿树成荫,我们沿着拉萨河朝西南方向前进,天气变化多端,时而阴雨蒙蒙,时而晴空万里。西藏的天很蓝,蓝得像璀璨的蓝宝石,云很低,低得仿佛触手可及。

我特别喜欢西藏的云,大朵大朵的云飘动在碧空如洗的蓝天里,无穷无尽。它们一会儿变成气宇轩昂的龙马在无边无际的天空驰骋,一会儿变成千奇百怪的图像在广大辽阔的天空闪现。无论你走到哪,西藏的云总会陪着你,仿佛在对你微笑,在与你对话。就如史诗音乐剧《文成公主》唱道:"银

真正的自由

白的云朵，飘过一千三百年。"云朵亲抚着雪山，默默地守护着一千三百年的高山流水，成群的牛羊，善良的人们，还有虔诚的心。

沉浸在西藏，我感受到这里的云是自由的，这里的风是自由的，这里天空下一切的生物都是自由的。如果说借助"天梯"可达"极乐世界"，那么西藏的云就是离天最近的使者。这是上天对西藏人民的眷爱，让爱家的，善良的人们通往自由的天堂。

在友人娴熟的车技下，我们在一座座大山之间盘旋而上。路过山区村庄，缤纷多彩的藏式两层居民楼镶嵌在大自然深处，家家户户房顶插的五星红旗格外醒目，让人热血沸腾。我想到同事的话："五年前我去过西藏，美得让人震撼。我到西藏就一个想法，壮美河山，寸土必争！"

走走停停，我们终于来到了海拔 4441 米的高原湖泊"羊卓雍措"。走到湖边，清澈见底的湖水荡漾在青山间，我多么想摸一摸圣洁纯净的湖水，又多么怕连我的呼吸都会污染了这里的美。我静坐在湖边的石头上，望着不远处的雪山，头顶风云变幻，脚下波光粼粼，我感到心灵得到放空、洗礼，身心和西藏的山水一样自由。

有人说："自由是随心所欲。"有人说："自由是不想做什么就可以不做什么。"有人说："自由是心灵宁静，物我两忘。"

还有人说："真正的自由是心中有戒。"

2020. 7. 18

念

今天在"幸福合家欢"微信群收到大伯发的一张奶奶和姨奶奶的合照，86岁的姨奶奶扶着83岁的奶奶，紧紧依偎，面对镜头微微一笑，眼里写满阅历，阳光透过窗户把暖暖的温情洒在白发上，留在心坎上。

一瞬间，我似乎看到50多年前，青春年少的时光里，梳着麻花辫子、胸前带着徽章的奶奶和穿着军装的姨奶奶站在毛主席照片前，露出白牙，笑容灿烂。脑海浮现离世的外公和爷爷的清晰身影，止不住的泪顺着眼角流出。时间总在不知不觉中流逝，偷走容颜，偷走情感，偷走生命。

念至亲

每次回家，我都喜欢去父亲的书房坐一坐，翻翻父亲的读书笔记，看看父亲写下的文字。父亲的话语总能治愈我的内心："无论到哪儿去旅行，没有比家更美的地方。"这句话，七年前的我不懂，当今天读懂时，我心中如偶像一般的父亲忽然间就满头白发。

前不久，我陪父亲去参加他相识三十多年的老友们的聚会，父亲的老友都是看着我长大的长辈，每个长辈都在和我说着令人感动的话语。父亲温情地说："这几天，女儿在家煮面给我吃，我觉得很幸福。"三十年来，在我家以批评为主的严厉家教下，不善表达感情的父亲说出这番话，让我有点不好意思，也有点暗暗高兴。

我开车带着微醺的父亲一起回家。到家后，父亲坐在餐厅沉思，我递上温水，陪父亲静静地感受夜的宁静。父亲从弄岛镇税务所的故事说起，把人生阅历和感悟告诉我，说到爷爷的时候，父亲流泪："我每个晚上都在想你爷爷，想你爷爷以前带我们种青菜……"我跟随着父亲的情绪无限感伤，凌晨两点的月亮显得格外美丽。

念

无论是父亲的感伤，还是94年前高祖父孔广乾在悼念母亲时写下的"树欲静而风不止，子欲养而亲不待"，都令我深思。对于走过一段繁华尘世的我来说，回归平淡，为家乡做事，拥抱至亲，是我最期盼的事。

念往事

上周，我参加财政青年调研实践活动。在畹町调研时，我异常激动，我自豪地向我的北京好友介绍："这是我的故乡！"我指着长长的石阶说："这是通往学校的路，我爬了十年。"看着长长的石阶，我似乎看到曾经的小小的我背着书包艰难爬梯的背影。

走进畹町，如同穿越到童年时光，再小的故乡在我心中都是最美的天地。路过童年的家，一点没变，还是20世纪90年代的样子。整个小城都有小小的我的影子，小商铺有买冰棍的我，邮政局楼下有抓蛐蛐的我，中缅界河有坐竹筏的我……就餐时，我一口气吃了两个破酥包，每一口都是乡愁的味道，思念的味道。

人们常说："当你开始喜欢回忆往事的时候，证明你已经老了。"而我觉得，回忆往事是不管走多远，都要回头看看走过的路。我不会忘记在我出嫁那天,第一次见父亲老泪纵横。我不会忘记领导叮嘱我:"有空多读书,坚持写文章。"我不会忘记人生过往,每一句温暖鼓励的话语……往事历历在目,我要把回忆留在心底最深处好好珍藏。

倘使哪一天我成了银发老人,暖心的往事将陪伴我一起晒太阳。

念自己

听过一句话:"随着年龄的增长,越来越多的人活成了自己曾经最讨厌的模样。"我曾经最讨厌多管闲事的人,如今我比"朝阳群众"还要爱管"闲事"。

在北京,你会感受到北京老人是一群可爱的人。当你没有做好垃圾分类,负责监督的北京老人会狠狠地批评你,让你痛下决心研究垃圾分类。当你带着孩子出门,经常有北京老人会迎过来问孩子多大了,让你感受到社会的和谐……久而久之,我自己也像北京老人一样爱管"闲事":捡到公园卡,做失物招领;见到浪费现象,总要管一管。

前几天,我在家乡听了一堂党课,前排的学员一边喝奶茶一边聊天,持续很长时间,影响到大家听课。我拿水瓶敲了敲前排座椅，板着脸说："你们聊那么开心，要不要出去聊？"有人说，人要入乡随俗，睁一只眼闭一只眼。每个人都有底线，我的底线就是不要因为做自己而影响别人。

如果一个人轻易被别人洗脑和诱惑而迷失了自己，活成自己曾经最讨厌的模样，他将面临万劫不复的深渊。漫漫人生路不会一帆风顺，所有的磨难都是财富，一个人的激情和情怀都很珍贵。

"只要你有信念，有追求，肯坚持，一定会比随波逐流行得远，行得正。"这一句话，陪伴了我十年。做自己，念自己，再出发。

2020. 9. 4

致敬那些为我们负重前行的人

"现世安稳的背后,总有人负重前行。"这句话的含义,七年前的我,绝对似懂非懂。然而七年后的今天,当我亲身经历更多事后,便深深地感受到其沉甸甸的含义。每次读到时,总会想起遇见的人和事,话语里有一种温暖让我热泪盈眶,有一种力量让我激情澎湃,有一种真情让我充满希望。

生命里的财税情

我们一家三代人在祖国发展的不同时期与财税结缘。爷爷是财政预算干部;父亲是从业三十余年的税务干部,现在投身财政工作;我是在税务大家庭长大的孩子,在基层税务部门参加工作，曾被选派到财政部学习。"财税"两个字的分量，在我的心中举足轻重。

父亲生于困难时期，长于动荡年代，从小历经磨砺，十分珍惜读书的机会，从中缅边境弄岛镇税务所工作开始，他把一生奉献给祖国的财税事业。在我儿时模糊的记忆中，父亲给我的印象除了制服，就是"堵卡"。父亲常说"为国聚财，为民收税。""税收取之于民，用之于民，造福于民。""放水养鱼，涵养税源。"我正是在这些话的熏陶下成长。2010年9月我也穿戴上我最熟悉的藏蓝制服、税徽沿帽、红色领带，"中国税务"徽章演绎着"长大后我就成了你"的坚守故事。

记得我小时候，父亲经常熬夜工作，我经常见不到父亲。母亲告诉我，父亲去"堵卡"了。曾经我以为"堵卡"只是去堵车辆，如今我才知道父亲作为税务稽查人员的主要任务是去堵每一分税款。

由于从事税收工作，我更加体会到每一分税款都来之不易。当时基层办公条件有限，往往会收到假钞和破损钞票，我们时常自掏腰包弥补。我印象中最深的一件事是，遇到当地企业人员不愿意刷卡，故意提着一袋零零散散的现金上税，把破旧不堪的钞票丢给我们，我们始终保持微笑，热情接待。久而久之，我们练就识别、手数、粘补钞票的本领，同时与纳税人交心、谈心，得到一方纳税人的认可。当我离开征收大厅时，留下磨损破旧的椅子，和右手腕上的水泡印。

每当我抬手看到留下的水泡印，都会想到每一分税款来之不易，还有祖国千千万万坚守在税收战线上，数十年如一日践行"兴税强国"精神、负重前行的财税人。

心系家乡招商梦

我曾听过家乡干部一句无奈的话："挖地三尺都挖不出税源了。"

自从我成为一名光荣的招商人，我才更加感受到肩上的担子，才更加清晰掌握招商与财税的关系与招商的重要性。招商引资不仅是扩充税源的重要经济手段之一，还是提升区域经济发展的综合竞争力的重要举措。

我在德宏州驻京联络处工作七年整，和所有爱乡游子一样，家乡的一举一动都牵动着我的心。招商引资和

致敬那些为我们负重前行的人

集聚人才资源助力家乡发展，一直是我心中难以磨灭的梦。当融入招商系统，我对"负重前行"有了前所未有的深刻认识。

那些点滴的招商故事，记录在时光里，也记录在我的心里。我不会忘记，我第一次参与接待客商，我的同事骑着电动车带着我在烈日下穿梭，同事到了饭店二话不说钻进厨房杀鱼做饭。同事笑了笑说："没有什么是招商人不会的。"风吹日晒下，同事乐了乐说："不会给企业人员打伞的，不是合格的招商人。"同事尽心尽力的"保姆式"服务给我带来心灵震撼，上了一堂生动的课。我不会忘记，同事用领导的言行鼓励大家时眼中的光芒："领导都那么苦，我们没有理由松懈。"我不会忘记，领导背着双肩包一个人去招商，在北京西站远去的背影，留下一句："别怕，有压力才有动力。"我不会忘记，多少招商人为了一场推介会没日没夜埋头苦干。我更不会忘记，《魅力中国城》节目中领导吹完葫芦丝，推介着家乡，我们所有同事流下泪水。我深深体会到，家乡的发展离不开千千万万、众志成城的"招商人"的负重前行。

不知不觉中，推介德宏成为我生活中不可缺少的一部分。回北京前，父亲送我到机场，拎起行李箱问："这么重，装了些什么？"我骄傲地答："招商手册！"在北京，无论去哪，做什么，"德宏"两个字已烙印在我心间，我们说着七彩云南的故事，讲着对德宏的情感。有人笑说，我们招商人就是行走的家乡宣传使者。家乡是生我养我的地方，能够服务家乡，能够奉献招商，能够做着心中认为有意义的事，是我人生路上最幸福的事。

2020年是特殊的一年，注定是我们一生中难忘的时光，也注定是我们一生中铭记的历史。"沧海横流，方显英雄本色。"在这场抗击新冠肺炎疫情的斗争中，全国上下一心，守望相助，一幕幕感人的凡人善举频频上演，一句句令人泪目的凡人金句犹在耳畔。9月8日习近平总书记在全国抗击新冠肺炎疫情表彰大会发表重要讲话："世上没有从天而降的英雄，只有挺身而出的凡人。"

我们的现世安稳，不过是有这么一群可爱的人在为我们负重前行，他们是保家卫国的战士，他们是挺身而出的白衣天使，他们是平凡岗位上所有的平凡人。

致敬那些为我们负重前行的人

感谢为我们负重前行的你们！作为党员干部，我们更要为一方百姓负重前行。

2020. 9. 17

古北口随想

这些年,走过一些京郊的路,看过些许北国的景,体会过实实在在的京城百姓生活,所有的感想都如此真实而又透彻。

记忆最深刻的是两件事,一件是在山路上驱车近两小时,一路与蜿蜒曲折的永定河相伴,探秘门头沟峡谷间静谧的爨底下村;另一件是自驾140公里,走进密云古北水镇。

古北水镇位于北京市密云区古北口镇,坐落在司马台长城脚下,是一座仿古式的度假小镇。带着无限的遐想,新年第一天,我们一家三口来到古北水镇。

不寻常的庚子年,就连冬天的存在感都要比往年更加强

古北口随想

烈，到目的地下车时我们冻得直哆嗦。站在小镇前方眺望远处，山峦高耸，高低起伏，绵延的长城宛如一条游龙横卧在巍峨山石顶端，吸引着我的目光，我不禁向往登高望远。

坐上摆渡车，缓缓驶入小镇，沿路穿镇而过的小汤河在寒冬里冰冻起来，静静地沉睡，沿街一栋栋浅灰色调的仿古建筑透露出优雅气质，没有明晃的色彩更觉养眼耐看。

摆渡车停靠站点，我们下车步行，踏着崎岖不平的石板道路，穿越牌坊城门，一步一景，几艘渡船并排停泊于冰河上，不时有阵阵清脆悦耳的风铃声随风飘来，树梢结出朵朵晶莹剔透的"冰晶花"。无论是自然风光，还是人造雪景，置身冰雪世界，都让人有一种美妙的感觉。

放眼整个小镇，每一处都有小而精的设计。木质结构的房屋全部采用老旧的木材建成，大量的旧石材铺满每座桥、每条路，一些历史悠久的石碑、石器点缀在小镇角落，那些古朴的客栈、酒坊、染坊、戏台、镖局、皮影戏馆……丰富的游览内容让人目不暇接。这里有着精美别致的民国风格的山地四合院，散发着浓郁的北方古镇风情，满足人们对世外桃源的想象。

赶在太阳下山前,我们坐上缆车向山顶出发。同样是冬天,不同于云南的山的郁郁葱葱,北京的山凋枯苍凉,质感厚重,很容易将人的情绪引向深沉。登上司马台长城,到处是残垣断壁。夕阳的余晖洒在长城残迹斑斑的躯体上,令人仿佛置身在历史的风云里,看到烽火狼烟四起,听到战鼓和战场的嘶吼声,还有战后一片狼藉里的阵阵哭泣声……历经岁月变迁,长城屹立不倒,成为历史的见证者,用残损颓旧的外貌笑看风云变幻。

站在残缺的城墙边,下面是陡峭的山坡,每走一步都觉得腿脚发软。我艰难地向陡立的烽火台爬去,只为和即将落山的太阳作别。爬上烽火台,俯瞰燕山山脉,只见群山苍莽壮阔,我不禁感叹历史悠久的古北口历来是兵家必争之地,数不清的战争都以攻占古北口为关键一步。它是夺取中原的关键点,也是京城锁钥重地。苏辙出使辽国路过古北口杨无敌庙,曾作七律一首,"我欲比君周子隐,诛彤聊足慰忠魂。"为杨业赴死鸣不平。古北口镇至今还保留着辽国所建的杨令公庙,古北水镇特别建立杨无敌祠。这个地方留下很多杨家将抗辽事迹,当地百姓家家户户认为杨家将是他们的守护神，在祠堂供奉杨家将，搭台唱戏讲述杨家将保家卫国的英雄事迹。1933年古北口战役，中国军队在这里打响了北京地区抗击日本侵略者的第一枪，用鲜血和生命捍卫了民族尊严。古北口长城残破的城墙和弹孔让人仿佛身处战火纷飞的年代，望着夕阳西下，我潸然泪下。

  傍晚，长城亮起橘色的灯，长城脚下的古北水镇万家灯火，我们恋恋不舍地坐上缆车回到小镇。穿梭在小镇望京街，眼前的场景如同在脑海里放电影一般，有孩子指着木兰奶茶店嚷着要喝奶茶，有三五成群的伙伴围坐在温泉池泡脚、说笑，有姑娘穿着汉服对着照相机回眸一笑，有情侣互相依偎取暖，满眼透露幸福……当我在零下十六度的室外踏进温泉池，感受着热气腾腾，夜空上演着无人机灯光秀，眼前一幅繁华景象，远处发光的"游龙"依旧静静地横卧在历史长河之上。其实生在安稳现世，原本就是一种幸运和幸福，哪能自寻烦恼？

2021.1.4

《有一个美丽的地方》首版录音，那些尘封的历史

"有一个美丽的地方啊喽，傣族人民在这里生长啊喽，密密的寨子紧相连，那弯弯的江水呀碧波荡漾……"婉转悠扬的歌声从边疆德宏唱到首都北京，唱出了傣乡的风土人情，唱美了德宏的秀丽景色，这是一首脍炙人口的经典民歌，半个多世纪以来历久弥新。我是土生土长的德宏人，几乎每一个德宏人都会唱我们家乡的歌《有一个美丽的地方》。我不仅会唱这首歌，还会跳这支舞，读书时代每逢泼水佳节，老师都会带领穿着白色孔雀舞蹈服饰的我们在瑞丽江畔，伴随歌曲翩翩起舞。无论时间怎样流逝，这首歌的旋律已深深地烙印在

我的心里，如今游走他乡，每次唱起这首歌，眼里总会饱含泪水，一股浓浓的乡愁涌上心头，久久难平。

历经劫难的老一辈奋斗者身上都有很多共同点，吃苦耐劳，勤俭朴素，淡泊名利，他们是我等晚辈学习的榜样。《有一个美丽的地方》首版录音是由原创团队录制，领唱的杨俊老师是我奶奶的二姐，我的姨奶奶。这件事情我是三年前才听家人提起。我特别感叹姨奶奶60多年来从未向世人提起，即使对她最亲密的学生，她也未曾提起过。如果不是家人偶然告诉我，我想我也完全不知道这段历史。姨奶奶曾说过："生活的艰苦，是对人生的滋养。"姨奶奶他们这辈人是在苦水里泡大的，躲过敌人的枪林弹雨，走过动荡不安的岁月，见证中华民族勇敢地站起来。现如今，我们看待这首歌的历史原声，总觉得像一个"成绩"，但是在姨奶奶眼中，这仅仅是过去的一份责任，一段平凡的经历。其实，现年87岁高龄的姨奶奶已历经世事沧桑，能安享晚年生活已是最大的福报。可是，随着时间的推移，历史愈发重要，历史可以给后人启迪和明鉴，是留给后人宝贵的精神财富。对于那一段尘封的历史，我们作为如今祖国的建设者和接班人，有权利知晓，也有义务去挖掘。历史不应该被尘封。

一年前，媒体对《有一个美丽的地方》首任领唱者杨俊老师进行采访。当时，姨奶奶内心是抗拒的，通过家人不断地做思想工作，她才勉强拿出一张裁剪过的年轻时的照片，并简要叙述了那些尘封的往事。

报道一出，一石激起千层浪，震惊了天南海北的歌迷们，歌迷们在网上参与讨论。现在，我想把我作为杨俊老师家人的感受写下来，把《有一个美丽的地方》的尘封的真实往事留给大众。在历史的长河中给喜爱这首歌的歌迷朋友们一些回忆、思考和念想。

2017年初，我父亲去昆明看望姨奶奶。父亲回来给我看了一张照片，姨奶奶双手紧紧握住周恩来总理的手，周围群众拿着鲜花，面露喜色……我望着照片很好奇，询问父亲照片背景，父亲不知。我带着那股求真劲儿，又一次开始挖掘历史真相。我在北京电话联系姨奶奶，后又到昆明看望姨奶奶，在交谈中，我感受到姨奶奶与德宏有着千丝万缕的感情，对《有一个美丽的地方》这首歌曲有着难忘的青春记忆。

我的奶奶和姨奶奶等五兄妹是腾冲人，长辈们幼年经历战乱，在日本侵占腾冲时跟随父母四处逃难，后才得以走进学校读书。腾冲一中毕业后，奶奶响应支持边疆工作的号召，不遗余力地投身到德宏的发展建设中。15岁的姨奶奶在解放军进驻腾冲那年，被部队文工团教老百姓识字、唱歌深深吸引，从小爱唱歌的姨奶奶遇到文艺战士就再也不愿离开，文艺战士走到哪就跟到哪。上初中不到一年，姨奶奶毅然决然地参军，先被分到解放军122团宣传队，最后调至昆明军区国防歌舞团，跟随部队长年风雨奔波，为保卫边疆的战士进行慰问演出。

姨奶奶告诉我，杨非老师与她是战友，当时同在昆明军区国防歌舞团。杨非老师于1954年到瑞丽，住在勐秀山上的部队营房里，站在山头俯瞰瑞丽坝子时，一幅幅美丽的大自然图画呈现在眼前，联想到新中国成立前后社会的强烈反差，共产党来到少数民族地区为百姓带来幸福，就像象征吉祥如意的孔雀飞上了傣族人民敬之若神的龙树，将情、景、美、意巧妙地结合起来，形成歌词并配上带有浓郁傣家韵味的委婉流畅的旋律。

杨非老师带着创作好的歌曲回到歌舞团,在团里找了几个歌唱演员试唱,几经试唱挑选。当歌舞团选定由杨俊领唱《有一个美丽的地方》这首歌时,为了让杨俊唱出傣族风味来,排练歌曲的时候,杨非老师对她进行了严格的要求。姨奶奶在接受采访时说:"他让我去傣族人民生活的地方体验生活,看他们跳舞、听他们唱歌。他要求我不要只按照音符去唱,告诉我'音符后面还有音'。最后杨非为了让我唱出傣族的味道来,甚至一个音一个音地教我,一个字一个字地教我。"

经过一段时间的排练,歌舞团到芒市、瑞丽开展军民联欢,姨奶奶说:"记得有一次在芒市唱这首歌时,当地的傣族老百姓跑到后台来看我们,问我是不是德宏的傣族?说我唱的这首歌太接近他们的生活了,这首歌写得太好了,被唱得太好听了!"

前段时间,我与姨奶奶通电话,姨奶奶告诉我:"我们以前做宣传工作,团里要求深入基层,体会人民的生活,感受人民的内心,一年有七八个月都在基层部队的军营、哨所和边疆少数民族地区,与当地百姓同吃、同住、同劳动。以前条件艰苦,去演出,翻山越岭,自己背演出服,虽然艰苦但也高兴。"

我查阅了很多历史资料,还了解到,杨非老师在创作《有一个美丽的地方》的旋律时吸收了傣族鲜明的音调。之后,在为故事片《勐垅沙》创作插曲时,又一次将这些音调用于歌曲创作中,这两首歌曲在主要音调上有很多相似之处。 1996年,《云南日报》刊登《有一个美丽的地方》相关内容,征得杨非老师同意后,瑞丽市将这首歌定为瑞丽市歌,在杨非老师创作此歌地点勐秀山立碑纪念,表达傣乡人民对他的崇高敬意和由衷感谢。 2007年, 80岁的杨非老师与世长辞,德宏州顺应杨非老师的遗愿,将他安葬在勐秀山上,让他与他深爱的这片土地永远在一起。

1959年,昆明军区国防歌舞团到北京参加全军第二届文艺汇报演出,姨奶奶与其他表演者身着彝族服饰表演女声小合唱《背起背篓上山来》和女声表演唱《赶马人之歌》,引起了强烈反响,被邀请到中南海怀仁堂演出。当这两首歌唱完后怀仁堂里响起经久不息的掌声。陈毅副总理激动地从座位上站起来，边鼓掌边说道："这歌好，这歌好！"全体演员热泪盈眶，兴奋不已。

　　演出尚未结束，中央人民广播电台便派记者到歌舞团采访，邀请歌舞团代表到电台介绍两首歌的表演排练经验，团里派杨俊、孙绍珍去讲解。之后，被安排录音和制作唱片。1962年《背起背篓上山来》《有一个美丽的地方》《赶马人之歌》等歌曲发行了。姨奶奶说："当时在北京要录制《有一个美丽的地方》，团里安排战友张启秀与我一起。我和启秀是A、B角，她是A角，我是B角。当时她嗓音出了点问题，团里做了调整，最后安排我去录音。"……说着说着，姨奶奶的眼里泛起了泪光，思绪似乎穿越到半个多世纪前，在歌舞团身披戎装，英姿飒爽；在各种场合演出的情景历历在目，一切都是原来的模样。

　　1964年，姨奶奶第二次参加全军汇报演出，领唱《有一个美丽的地方》，让这首歌越唱越响。《有一个美丽的地方》的唱片录音多次在电台和农村广播中播送。不少人对它的记忆都是来自广播，《有一个美丽的地方》俨然成为全国人民对傣乡的印象标签。

　　我是八零后,和所有的八零后一样,听到周杰伦的《简单爱》会唤起校园时期的青春记忆,听到 S. H. E 任何一首歌曲都忆起再也回不去的少年时光。那些如《星星点灯》之类的老歌似乎已经离我们八零后很遥远,更别提半个多世纪前的历史原声了。然而,当我点击《有一个美丽的地方》 1962 年原声版本,反反复复听了几十遍,越听越有味道,越听越喜欢。姨奶奶唱"傣"字的音是 tai,这是在一定的历史背景下形成的,更还原了厚重的历史。温和曲折的旋律,铿锵的气魄和傣家的韵味透过质朴的歌词,传递出蕴藏其中的感恩之情,美丽边疆画卷被歌曲徐徐展开……《有一个美丽的地方》不仅是一首傣家经典民族歌曲,更是一首表达了边疆儿女心向党的、经久不衰的红色歌曲。

　　曾答应奶奶要帮她整理杨家族谱,在整理过程中,我在网上惊喜地发现, 1962 年原中国唱片社发行了一首赞美我家乡的歌曲《瑞丽啊!金色的翠鸟》,由航涛作词曲,由甘莉、杨俊演唱,国防文工团乐队伴奏。

一路向北

　　一首首红歌久久飘荡在美丽边疆德宏，跨越了半个多世纪的历史原声，似天籁般美妙，仿佛把我带到了那段激情燃烧的岁月……谨以此文献给我尊敬的姨奶奶，献给我可爱的家乡。

2021.1.28

雨

在北京时，我常常会想念家乡的雨。

我怀念听一窗春雨，淅淅沥沥的雨声，拍打着树叶，每一声都含有淡淡的清愁，让人沉浸在无尽的思绪中。

我怀念雨后的晴天，空气中夹杂着青草与泥土的味道，甜润而清新，令人感觉焕然一新。

可惜北京雨水甚少，我只能在梦中想象，或是用手机播放雨声助眠。我有时会想起，多年前中考那天猝不及防的雨，考完一个人淋雨离开，这样的雨让人更加清醒。我有时会想起，爷爷安葬时，大雨滂沱，淋湿了整个世界，我已分不清脸上是雨水还是泪水。下雨总能激起我心中的涟漪，无论是烂漫的，还是忧伤的，思绪总在流年里未曾远离。

回家的那天，正值立夏。到家，行李一放，见到久违的闺房，情不自禁地展开双臂仰卧在床，感到一阵前所未有的舒心惬意。每天都有一股花香味随着清风扑鼻而来，透过房间的落地窗，我看到使君子开满一串串的小红花，不仅把阳台点缀得别有寻味，还散发着蓬勃的生命力，如同在奖励每一个积极生活的人。蒙蒙细雨中，雨点滴答作响，雨珠像珍珠一样挂满小红花的全身，朵朵红花含情脉脉地低垂着头，若有所思地想着各自的心事。远处不时传来几声叽叽喳喳的鸟鸣声，几声飞机划破天空的轰鸣声，和几声父亲在楼下清嗓的声音……这些声音是多么熟悉而美好。这就是我喜欢的生活的样子，平静淡然，远离尘世。

在家的这些天，奶奶搬来与我们同住，我实实在在地体会到"家有一老如有一宝"的乐趣。奶奶打趣说自己是"天涯沦落人"，我想尽办法逗奶奶开心，我笑说："我从北京到芒市，奶奶是我芒市的第一个朋友，既然同是天涯沦落人，那么今后我们组个团队就叫天涯合伙人，合伙好好过日子。"非常抵触换手机的奶奶在我的劝说下，开始学习智能手机，开始发微信、打视频电话，开始尝试摸索新事物，看着八旬的奶奶用饱经风霜的手格外吃力地触摸手机屏幕，看着慈祥的奶奶戴着眼镜捧着家谱露出笑容，我不禁感叹好好陪伴亲人胜过世间的繁华。

当走过一段繁华之路，回味家乡的雨，我听到了自己内心的安定。

回望北京的"雨"，那更像是一场风雨的历练。

2021.5.12

迎春花

今天是援瑞防疫第 85 天,在繁重冗杂的任务下,即使接到几次文联约稿,也无暇顾及小文写作和"老凡空间"更新。当得知年初守边写下的《边境线上的年味》被《德宏文艺》采用,内心虽有欣喜和感动,但更觉沉重。带着无处安放的心情,我再次提笔用文字记录生活。

伴着秋意微凉,我独自驱车前往瑞丽江畔,去看了记忆中久违的凤凰花。瑞丽江畔有一条小路,小路两旁栽种着树龄十余年的凤凰花树。每当红花绽放时,洒满阳光的小路间总会挤满一张张笑意灿烂的面庞。望向路的尽头,娇艳欲滴的满树红花把小路装饰得格外惹人怜爱。一阵阴雨过后,火

迎春花

红火红的凤凰花沾满雨珠,尽管雨水无情打落些许花朵,但树尖尖上的红花依然彰显着怒放的生命。依稀记得,凤凰花开的季节是瑞丽泼水欢歌的季节,然而再回家乡,凤凰花已开,却已无欢歌。

迎着微风细雨,我扶着江畔石栏,驻足静立,视线越过瑞丽江,望向远方缅甸山脉,听着江对岸的城市"姐告"播放着伴随我成长的歌曲《有一个美丽的地方》,万千思绪凝结心尖,却无从抒发心情。我记忆中的瑞丽,有绚烂夺目的中缅胞波的色彩,有五彩斑斓的鲜花和硕果的芳香,有山水相连的青山田地的壮美,然而今天走在空荡荡的瑞丽城,看着雨水浸泡过的树枝无声无息地抖落一地愁绪,恍如又一次闯进《流浪地球》白雪覆盖下寂静的沉睡城市,又一次回到去年年初静悄悄的北京城倾听"雪的心事"。不同的是,这次我选择回家。如果说人生总要经历点什么,那么我想为家乡做点小事,只为再会家乡欢歌。

我生在瑞丽,长在瑞丽,我和所有瑞丽人民一样,也曾在环岛大青树脚下和白色孔雀雕塑拍照,也曾在没建珠宝街之前的边贸市场淘货；我更曾代表单位参加中缅胞波节牛车巡游，曾深入抵边村寨开展"四群"教育活动，曾在新年第一天拿到"中缅马拉松"的奖牌，为边贸繁荣的家乡瑞丽感到自豪。当我穿上"援瑞疫情防控"红马甲投身防疫工作，看着家乡人民拼尽全力，多少次我的眼眶湿润了。

我在巡查时说过最多的话是"请戴好口罩"，面谈时说过最多的话是"欢迎再到瑞丽来"，发动基层力量时说过最多的话是"感谢您的付出"，面对百姓说过最多的话是"拜托了"。

我想，千千万万瑞丽人的心是一样的，瑞丽未来发展得好不好，瑞丽的一草一木都牵动着我们的心。与其说我是在"援瑞"，不如说我在守护我的家乡。

曾经，我最怕瑞丽的夏天，感觉太阳光晒到皮肤上会有刺痛感，炎热难耐。而如今，疫情下的瑞丽夏天比冬天还"冰冷"，像极了北方严冬里万物被冰封，万籁俱寂，人们好像都屏住呼吸静候万物复苏，无时无刻不在期盼春天和希望的到来。

迎春花

  在边境城市重拾幸福感,种一株迎春花。在青山绿水间,在云卷云舒下,等一朵花开,感受岁月的温柔。

  这样的日子,我们会盼到的。

2021. 8. 14

实

去年我写过小文《念》,"念"这个字我很喜欢。而今天,我想写写,我体会最深的一个字——"实",我想把它作为今后人生的信条。

"援瑞防疫"五个多月,闭上眼都是满满的回忆。我记得,5月22日到瑞丽的第一天,我与队友们参加出征仪式,我们笔直地站在勐卯镇的空地上,穿着不透气的工作队服一动不动地在烈日下暴晒,炎热难耐,汗流浃背,像极了读书时的军训。当时,我在想"晒太阳"俨然成了我到瑞丽的第一关考验,我一定要经受住考验。在接下来的日子里,我第一次暴晒了整个夏天,第一次感受到被比芝麻还小的黑色"蚊沫"叮到奇痒无比，第一次认识到"实"这个字是"知之非艰，行之惟艰"。

实践

"昨日种种，皆成今我"这是去年我收到的离别赠言。世上有些东西是任何人都抢不走的，那就是你的人生阅历和见识，还有在实践中收获的内心感悟。

在没参加这次援瑞工作之前，我从未参加过任何社区活动，也从未关注过社区工作。这份全新的挑战，一开始让我深感压力。我尝试过把私家车当货车、保供车；感受过高温下防护服带来的窒息感；尝试过沿街用小喇叭喊话，与居民暖心互动；感受过一次次化解民众矛盾后松一口气的踏实感。

从每天和居民主动打招呼开始，到帮助居民做一些力所能及的事，再到帮居民解决不能雨污分流等更困难的问题。

从第一次夜里被居民围住有些不知所措；到夜里听着电话里居民的怨气或者烦心事；再到夜里赶到居民家解决邻里矛盾；再到夜里排查路边的大货车；再到夜里深入抵边村倾听民众心声……在不知不觉中，我竟喜欢和这里的居民待在一起，喜欢和居民聊天，听他们的故事，感知他们的喜怒哀乐。多少次说到动容的时候，居民伤心流泪，我一边安抚居民的情绪，一边悄悄抹着眼泪。

还有让人难以忘怀的一幕幕：抵边村的村民通红的双眼和止不住的眼泪；民兵带我爬上全村最高的一栋楼，看着江对岸说着最真实的心里话；孩子们迎着轻柔的微风，感叹今天是最开心的一天；大妈们不舍昼夜织红围巾，划破了手指；网格员在暴雨中抢救值守点帐篷……

在实践中，我尝试撰写《若有战召必回，退役军人投身抗疫战场》《兴安志愿精神在战"疫"线上闪光》《兴安志愿服务汇聚"战疫"力量》，还采访过瑞锦园小区的"创业精神"，想通过一个个小故事传递正能量，用正确的价值观引导居民。

在一次次实践中，我真正懂得"纸上得来终觉浅，绝知此事要躬行"的道理，还深刻明白"没有调查，没有发言权"的真谛。如果说充实的人生是幸福的人生，那么漫长人生路上我想在干中学、学中干。

实事求是

我的微信朋友圈一直保留着 2017 年 12 月 26 日拍的一

张照片，照片中是一张中央党校的校训"实事求是"。在漫长的岁月里，总会遇见形形色色的人，不同的人有着不同的三观，看待一件事情"仁者见仁，智者见智"，如何判别不同观点的正确性，我想，唯一的标准就是"实事求是"。

在父亲以身作则的教育下，我深知人应该"有所为而有所不为"，实实在在地做事，不做沽名钓誉的事。社区的工作经历让我更加明白"物以类聚，人以群分"这句道理深刻的古语。

深入基层社区的过程中，我不仅开阔了视野，还深度了解了基层，对工作有了深入的思考。

社区治理是国家治理的基本单元和关键环节，是非常接近群众的，社区工作人员做得好不好，直接关乎党和政府的形象。如果到社区这一层面，还把"马上开会"代替"真抓实干"；把"开会"当做任何工作的"开局"；用流于形式的开会代替"落实"举措；不讲究"实事求是"却做"沽名钓誉"的事，不仅损害群众利益，还损害党委和政府的形象。

有些社区干部在支部活动上喜欢称呼党员为"女士""男士"，没有意识到党内应该以"同志"相称。我很喜欢称呼志同道合的人为"同志",我想只有"同志"这个称呼能让我们向着共同前进的方向奋斗,这是不言而喻的。

有些社区干部过度地追求荣誉,把获得荣誉当做人生的唯一目标。在推优时,先推自己;主动联络媒体,为自己"包装";中秋佳节没有想着联系群众,而是把心思全用在联系领导上;骄傲地宣称自己"心思缜密",认为自己聪明过人,却不明白"聪明反被聪明误"。这些人以为任何人都和自己一样,所做的一切都是为了自己,殊不知这世间还有一种"情怀",为了家乡,为了人民。

如果把基层治理中的"不良现象"强说成"存在即合理",不但曲解了"存在即合理"这句话本来的意思,还违背了党"实事求是"的思想路线。作为一名党员,应该团结"实事求是"的同志、"志同道合"的同志。

作为一名党员,讲党性至关重要,要始终不渝地践行实事求是,对错误言行敢于说"不"。基层的面貌不应该由个别人定义。新时代社区真正的面貌应该是什么样,我们需要什么样的社区干部,值得每一个党员深思。

2021.11.8

20 元钱的快乐

一天,我偶然看到同事发的一条朋友圈。一株雪柳在初春季节里怒放着生命,给家点缀出春天的气息,充满着催人奋发的力量。同事轻描淡写地说了一句:"20 元钱的快乐。"我隔着屏幕盯着那株静静绽放的雪柳,望出了神。我想起了我憧憬的生活:插一株绿植,沏一壶清茶,不为世俗的琐事而烦恼,这样的生活却又遥不可及。

近期,我与十余年的老友牧仁兄聊起瑞丽人的幸福,我又想起了那株雪柳,我心驰神往地说:"如果 20 元钱能买到一份快乐,我也想买。"牧仁兄笑了笑开导我:"不论遇到什么事,都要拥有好的心态。要相信凡是发生的事都是好事。"

与牧仁兄辞别,他挂嘴边的"好事"两个字,鼓励我的每一句话,却给我很大触动。时隔十余年我才有机会在瑞丽与老友相聚畅聊,有机会被正能量的人影响,改变自己,让自己更加阳光,确实是"好事"。

细细观察,身边很多瑞丽人拥有阳光的心态。深夜十一点,我们社区第二网格区的网格员依然坚守在小区,就一束光,捧一本书,心境淡然地说道:"心平静了,时间也就快了。"呈现出一副"吹灭读书灯,一身都是月"的美好画面。还有第四网格区的网格员时常会分享他家乖巧闺女的日常生活,女孩儿有时用橡皮泥捏冰墩墩和雪容融,有时面对镜头灿烂微笑,有时父女俩为岁月加油,呐喊一句"乐观积极,必定风生水起"。

我喜欢靠近乐观的人。夜里近十二点,我已睡下,突然被瑞丽同事老蒲的电话惊醒,安排我联系芒市相关同事线上开会商讨工作。我看着手机显示的时间犹豫不决,实在不敢冒昧打扰,试着给芒市同事留言。当老蒲问我有没有打电话,我弱弱地回了一句:"太晚了不敢打扰,我发了信息。"接着开玩笑说:"只有瑞丽干部是不需要睡觉的。老蒲你要注意身体啊。"这一年，我眼睁睁看着与我同龄的老蒲发量越来越少，还长出了不少白发。实在的老蒲只是说了一句："干，就对了。"闭上眼，脑海里浮现的每一位瑞丽干部，都把"挺住"付诸行动，把"乐观"写进了生命里。

不知不觉春天已悄然到来，父亲在瑞丽家中种下的鸳鸯茉莉静静地在角落怒放，满院飘香，让原本人丁稀少的瑞丽老家增添了温馨的气氛。看着老家种了二十余年的茉莉花，我心里涌起一阵暖流。我曾经每年这个时候在北京看着迎春花开一片金，无比思念家乡的茉莉花，如今能在家赏花，确是好事。

在瑞丽的幸福也许就是老家的鸳鸯茉莉飘香，更是疲惫工作一天后欣赏着"20元钱的快乐"。

2022. 3. 10

影子和灵魂

看了一年的《老俞闲话》，老俞给自己定了为期一年的任务，每周写一篇周记。节目中，老俞分享周记的结尾还不忘卖书，我觉得挺有意思。于是，我也想写一写"老凡闲话"，记录不同时期的不同心境。

依稀记得，学生时代我热衷于在"QQ 空间"写文章。如今机缘巧合再次提笔，万万没想到一坚持就是六年，虽然这些时间，我只写下几十篇小文，不够勤奋，没那么多的灵感的时候也没那么多东西可写，甚至想过放弃。但是，"读者"永远是我坚持下去的动力。

我永远忘不了，借调学习离开部里那天，同事对我说:"年后老部长一直在家,今天得知你要走,无论如何也要来部里送送你。"老部长上了年纪,行动不便,他颤颤巍巍地沏了茶,坐在年代久远、青砖绿瓦的老办公楼,我看着他身后满墙的照片,听着他像往常一样和我讲人生的哲理。我不承想,那天的对话,竟成了永别,那些话语在我心里也越来越清晰。老部长离世后,中国财政杂志社想采访我,听一听老部长是怎样鼓励年轻人的,被我婉拒了。我曾在《人生里的四个字》提过有位七旬智者对我说的话:"人生有四乐。知足常乐、苦中作乐、自得其乐、助人为乐。"老部长待我如孩子,六年里鼓励我写文章,离别前他对我说:"照顾好家庭,坚持把文章写下去……"

再次回京,我把微信名从英文名改回了"老凡",以此纪念。

二月,我带着孩子回到北京。这个时节最值得期待的就是早春飞雪,还有雪落的声音。如今,放眼望去,京城里人潮涌动、华灯闪耀。记忆里的北京终于又回来了,真好。那些让人感动的人和事也久久活在心中。

一路向北

过去三年，亲友们能聚在一起都是一种奢侈。回看三年里写下的文章，在文中与过去的自己相遇，竟也有恍如隔世之感。熙熙攘攘的岭南路挤满来接孩子放学的家长，人们可以随意漫步在长安街畔拥抱夜色里的北京……昔日的熟悉感又回来了，像极了做了一场梦。

2023 年是全新的一年，我的朋友圈也将从今年开始继续更新，也将记录和孩子相处的有趣时光。昨天放学路上，孩子主动找我聊天。孩子说："妈妈，我们今天选一名美术小组长，一组 4 个人投票，你猜我得了几票？""妈妈，我得了 3 票，你猜是谁投的票？"正当我很认真地推测时，孩子说："我给自己投了 1 票，剩下 2 票分别是我的影子和灵魂投的。"我被天真无邪的孩子无厘头的话语逗得哭笑不得。孩子继续说："妈妈，你知道我为什么会想起影子吗？我看《三毛流浪记》，三毛进了孤儿院，他说院里只有影子陪着他。我突发奇想，多了一个灵魂。"

聪明的孩子时常语出惊人，我每次都会被怔住。孩子提到的影子和灵魂，留给我无限的思考。

这让我联想到老舍《北京的春节》中写的，"现在的儿童只快活地过年，而不受那迷信的熏染，他们只有快乐，而没有恐惧——怕神怕鬼。"确实如此，儿时的我们也怕神怕鬼，和自己的影子互动，和小伙伴玩踩影子游戏。长大后，反而在漫长的人生旅途中，被焦虑的迷雾遮住望眼，在意外界的声音，仿佛每句话都有弦外之音，每个眼神都包含深意，抬着眼只顾着看远方，却忘了低下头看看自己的影子，和自己的灵魂对话。

这世间，任何人都可能会离开你。只要心中有光，唯有影子和灵魂不会抛弃你。

很庆幸，我也懂得适时放弃，适时给人生一个优雅的转身。人有时候总愿意把记忆停留在一个时期，停留在那些只有影子和灵魂做伴的日子。我总把记忆停留在十年前，停留在居住在翠湖边宿舍、每天被海鸥吵醒的日子里，停留在被老领导叶主任训话、懵懂的时日里，停留在穿着一身税务制服、穿梭在人潮涌动的市场里，停留在那些年轻的时光里。

在回京前，我特意去看望了发小，发小一边讲述着她的

一路向北

遭遇，一边泪眼蒙眬地叫着我"阿繁"。

离别前，我突发奇想说："给我们的影子合张影吧。"

2023.2.18 周六清晨

妈妈的梦想

今天是二月二"龙抬头",晚饭时二保厨师端上了一盘烤羊肉串,配着家乡特色"腌菜膏"蘸水,同事们围坐在一起。在阿琴妹的提议下,女同胞们决定分喝三瓶啤酒。按照惯例"阔子下酒",这是我们云南人的方言。

饭桌上,阿琴妹开始调侃"金大妈"厨师:"以前金姐住外面,每次来上班,都打扮精致,一套套景颇筒裙穿起来,现在搬进来都不打扮了。"嫂子笑笑说:"北京实在太冷,北京人一个比一个捂得严实,确实是不能要风度不要温度。"感叹了北京的"气温",大家又感叹"脸盲"。阿彤妹说:"在这里工作,每天要见很多人,别人记我们容易,我们记别人太难了。"大家在一个生活圈里朝夕相处，对待一些事情的想法都不约而同。杯里的啤酒似乎也在静静地听我们侃侃而谈。最后我们一人喝了两小杯，总有说不完的话题。

每到特别的节气或节日，张主任会组织大家包饺子、煮汤圆，还会亲自下厨给大家做东坡肉、蜜汁鸡翅，让我们这些背井离乡的驻外工作人员感受到"家"的温暖。这也是我驻外那么多年，感到最有人情味的地方。之前，我记得还是2014年，高伯伯带着擀面杖和面粉来给我们包饺子。

依稀记得，高伯伯说的话："小侄女，想吃饺子就说，我来包。"

人间多困苦，这些不经意间的话语最为暖心。

如今，孩子的话语是最能治愈一切的。孩子在爸爸的陪伴下参加数学培训，回来捂着我的耳朵说："妈妈，老师今天奖励我一个橡皮擦，你猜是什么形状？"我认真地猜测："圆形？长方形？"孩子得意地说："都不是，是埃菲尔铁塔的形状！我一看，心想，妈妈肯定喜欢极了。"孩子把橡皮擦送给我，我拿在手心里仔细看了看，哭笑不得又十分知足。

关于埃菲尔铁塔有一个故事。自从接手孩子的教育，我尝试了各种方法，最后，我创新性地想出了一个办法。

有一天，我声情并茂地对孩子说："你知道妈妈的梦想是什么吗？"孩子一脸疑惑地看着我，我叹了叹气说："妈妈有两个梦想，只有你能够帮妈妈实现了。"这句话，激起了男孩子的好奇心和斗志，孩子马上拍着胸脯说："你说，我帮你实现。"

我和孩子说了两件事："请妈妈和妈妈的偶像一起吃顿饭，再帮妈妈在埃菲尔铁塔下拍张照片。"

自从我说了我的"两个梦想"，孩子就深深地记住了。有时主动问阿婆："阿婆，你知道妈妈的偶像是谁吗？"有时看到埃菲尔铁塔的画面就兴奋地告诉我，有时睡前反复问我如果两个梦想只能实现一个，要选哪一个。

在督促孩子写作业时，我发现对孩子说帮妈妈实现梦想格外有用。从此，"妈妈的梦想"或许能短暂地成为孩子进步的激励。

我也收获了"埃菲尔铁塔"橡皮擦。

2023. 2. 21

往事

坐上回京的航班,在没有互联网的三个多小时的高空飞行里,世界变得异常安静,没有太多的声音,却是我喜欢的感觉。

我已不记得这十年,我往返于北京和德宏之间,乘了多少趟飞机,飞了多少公里,甚至在飞机上碰到多少熟人朋友。而我记得,以前喜欢靠窗边坐,从高空俯视山川绵延、云朵环绕,现在会毫不犹豫选择靠过道,方便进出、取放行李、上下机;以前会期待空乘发放的点心,黄油配面包,我会吃完所有的黄油,现在空乘发放点心我基本不要;以前还会戴上耳机看看飞机上的电影,现在登机后第一件事就是要个毛毯，闭眼就睡……在今天之前，都是以前；以前发生的事，都是往事。大大小小的往事塑造出如今的你，以及你的思想和认知。正所谓，"昨日种种，皆成今我。"

对于往事，有的人健忘，有的人历历在目，而我，选择性记忆，或许也叫作"停留式记忆"。我记得十年前叶主任安排我做的关于安宁炼化相关的宣传工作，或机关接待的每一幕，记得当时的场景和心情，但是我已不记得五年前我在北京那些不愉快的时刻和落下的泪。回头再看五年前我写下的散文，我明了含沙射影批判的事情是什么，却已不记得当时的愤怒。我选择性地把一些经历变得深刻，把一些坏情绪抛之脑后，直到再也记不起。

这周，我儿时的伙伴通过抖音找到了我，我把失散多年的小学同学组建了一个名为"58班发小情"的群聊，我们开始了一场已经25年不见的线上同学聚会。男同学说着小时和"老狗""周扒皮"打架的记忆，女同学说着班草唱粤语歌的记忆，说着每一个人的绰号"王大头""斑鸠""矮子"……一下子就把大家拉回到小学时光里。任何变动都会产生效应，一个城市的跌宕起伏，注定牵连许多人随之搬迁，失散再重逢，而我们儿时记忆里的畹町，永远都是太阳普照的地方，也永远停留在我们关于九十年代口岸蓬勃发展的记忆中。

这周，我遇见了新事物和新朋友，还有一句话"一桶清水泼出了一座星光夜市的灵感"。工作需要，我提前一天赶回芒市，被安排作为联络员联系17位异地商会客人。从北到南，很久没有回家的我，脱掉羽绒服，穿上T恤和拖鞋，身在芒市，感觉吹来的风都是温柔的、甜美的。我从接机开始，带着客人们"吃喝玩乐"。

在百事特，我和四川商会会长抢行李，陈会长说："不用不用，太客气了，我经常来芒市的"；在民族团结餐上，商会与商会间互不相识，我一边组织大家为干杯友谊，一边把傣族同学拉来敬酒，并笑称："我是气氛组组长"；在泼水节狂欢时，江西商会会长找我拍照留影，我逗他："一定要拍到我们的拖鞋呀"；浙江商会张会长第一次到芒市，原本不打算参加开幕式，还是被我说服了，穿着皮鞋和我们去泼水，张会长说："虽然皮鞋报废了，但你的一桶清水泼出了我的灵感，很开心"……各商会返程后，我收到河北商会的信息:"你还差一张同我的合影呢,有机会来昆明补上"。与其说我完成了工作任务,不如说我和大家过了一个愉快的泼水节,结下了友谊。

这周,我见到了两位"网友"。一位是曾经对口联系我们单位的同志,有过工作交流却未谋面,"网友"看着我一脸亲切地说:"你和你三叔像极了";一位是认识十年,却第一次见面的超哥,超哥曾为德宏团队参演《魅力中国城》送去可雕花的西瓜,这次还带着我调研中缅西瓜、芒果、哈密瓜等水果边境贸易情况,超哥带着伟哥,我带着"表叔",我们在落日余晖中的畹町街边小店一边吃"撒撇",一边听伟哥打趣地说着读书时的往事。从畹町去瑞丽的路上,我和"表叔"感叹:"这是我喜欢的感觉,市井烟火气,最抚凡人心"。

离别前,我陪奶奶吃了顿饭,我们在房间聊了聊。奶奶说要给我一本书,我很诧异。当奶奶说这本书是她姐姐写的,我瞬间无比敬仰,曾听姨奶奶说要写一本回忆录,不承想已印刷成本。奶奶语重心长地说:"我们以前的日子,和你们现在的日子相比,一个是地上,一个是天上。我们以前过的是东躲西藏的日子……"我捧着这本名为《往事》的书，迫不及待地想走进奶奶那一代人的往事。

奶奶们这代人的往事，是沉痛的。这本书描绘了日军侵华、腾冲沦陷、民不聊生的战乱年代。外曾祖父母带着奶奶四姐弟一路逃亡，逃到沿路村庄，又逃到大山深处，姨奶奶描写得很细致，细到定时炸弹的颜色，山林各种鸟鸣听起来好似"爹酒醉、爹酒醉""千担打公公，万担打婆婆，打得快快活活，快快活活"，祖父被日军逮捕如何死里逃生……

姨奶奶是这样描述的："几十架日机在天空盘旋，紧接着巨大的爆炸声后地动山摇，房屋不断摇晃，父亲急忙把我抱起，趴在土灶旁躲避，震耳欲聋的巨大爆炸使厨房的篱笆墙、房顶的草片掉落在父亲身上，我吓得紧紧地攥住父亲，小声哭泣……"

姨奶奶在后记中是这样写的："我写下这篇回忆录，意在让后辈及亲友们了解我们家族的历史渊源，了解革命先辈及父辈们曾经经历的战乱的苦难岁月。期盼后辈们要珍惜今天来之不易的幸福生活……"读过历史，知道日军在中国犯下的滔天罪行，这还是第一次从自家长辈的角度读到这段历史。更让我联想到外公在世时提过的一句话："在逃亡时，我的父母亲不幸遇难，我成了孤儿。"跟随长辈的文字，我仿佛身临其境地听到炮火轰鸣声、哭泣声，一同提心吊胆，胆战心惊，体会到流离失所是一种怎样的感受，当空气都弥漫着恐慌和煎熬，人又是凭着一种怎样的信仰坚持下来。

任何时代都有任何时代的难处。比起前辈的往事，我们晚辈的往事不足一提。风浪越大，越利于成长，逆境激发潜能。

2023.4.26 飞往北京途中

憾事亦无憾

　　昨日，孩子推荐给我一部动画电影《长安三万里》，上映当天，火爆全北京影院，我们只好预定第二日观影。

　　今日，在高温天气下，我穿上防晒服，孩子躲在我怀里，我们像往常一样骑上电动车，来到离家最近的影院。电影放映前，在候场区等待的观众绝大部分是孩子。然而，我万万想不到陪孩子看的这部动画电影，孩子没看懂，我却久久不能从影片里缓过神来。

　　这部影片，以唐代大臣高适和诗人李白两个人物为主角。安史之乱，大唐节度使高适带领的军队在吐蕃大军入侵西南、步步逼近的险境中，又在监军程公公的追问下，不紧不慢地回忆起他与李白从少年相识至今的往事和一生惺惺相惜的友情，同时上演了一场绝地反击之战。影片以小见大，通过描绘人物满怀壮志却最终豪情难酬、理想铩羽的个人际遇，呈现出一个诗意纵横的长安，一段峰谷跌宕的唐史。

这是一个很长的故事。我仿佛坐在那条穿梭在烟波缥缈的扬州运河的游船上，看着纤纤细腰的舞女伴着花瓣纷纷跳起灵动的柘枝舞，看着浪漫洒脱的李白看破世事；仿佛又置身于广阔天地间与李白骑着马逍遥驰骋，自信满满、满腔激情，带着满腹才情的"干谒诗"敲开达官贵人家门，却吃了"闭门羹"，不得已入赘，摆脱商人之子的身份，然后屡次受挫，只能仰天悲叹。

或许，只有经历了重重打击和人生逆境，才能读懂什么叫"生者为过客，死者为归人。天地一逆旅，同悲万古尘"。仰观天地之大，千年不过一瞬，悲伤就如同一条大河，它能淹没你，也能带你去意想不到的远方。

我已不记得，高适和李白几次分离，几次重逢，无论李白春风得意还是失魂落魄，见到高适时眼里都发着光，把好友紧紧搂在怀中。

我记得那些引人深思的画面。李白酒后诗兴大发准备为黄鹤楼题词，被店小二数落，被崔颢的"七律"深深打击，决定回乡深造；高适胸怀家国情怀，屡试不第，投国投军无门，失望伤感的心情写在脸上，自己无比珍视的高家枪法也败在一位女子剑下，自愧技不如人；女子"裴十二"与高适比武比赢后，迎着月光微风解开长发，含泪说出了女子纵使文武双全终究报国无门的无可奈何，说出了奸臣当道不堪与之为伍的事实；李白从眼里有光的翩翩少年变成了借酒消愁、大腹便便的中年人，他每次举杯都在吟诵着他不同阶段的人生感悟，让我无限感慨，少时不识诗中意，再读已是诗中人。

原来《将进酒》这首乐府诗是这么的豪情万丈，写尽了人生沧桑。我多想敬李白一杯酒，与他同饮高歌："君不见黄河之水天上来，奔流到海不复回。君不见，高堂明镜悲白发，朝如青丝暮成雪。人生得意须尽欢，莫使金樽空对月。天生我材必有用，千金散尽还复来……"如今，我更读懂了李白从入世到出世，拥着青山绿水，长啸一声"两岸猿声啼不住，轻舟已过万重山"那种放下之后的释然、豁达。

我还记得，当大战告捷，监军程公公看着即将离开的高适，提起李白，高适猛然回头，眼里放着如同少年的光芒。

好一句"莫愁前路无知己，天下谁人不识君"，漫漫人生路，你一定会遇到那个与你惺惺相惜的知己，他也一定懂得你所有的愁苦与悲伤。

人活一世，有很多可敬之人。无论是信奉"人生何时努力都不晚"的高适，还是飘逸洒脱、笑看人生的李白，还是我们身边那些"一身正气敢碰硬，两袖清风不染尘"的榜样，他们用自己的人格魅力感染着这个天地，感化着人心。

影片从回忆拉回战场，高适用祖传枪法上阵杀敌，武艺不再为权贵取乐，只为实现心中抱负，只为再现繁华的长安。我凑过身子，悄悄地在孩子耳边说了句："男孩子一定要有家国情怀，为国家而战"，而我的眼泪早已止不住地往下流。

长安三万里，难的不是路途，而是人生路上每一次不甘与奋起，还有每一次的破釜沉舟与绝地反击。

　　"你我身当如此盛世，当为大鹏。"

　　今天，不求留其名，只求拼尽全力。

2023. 7. 9

出路

　　今年是我在北京的第十年，一直想写写这十年的感慨，一切似乎都已化成了无言。

　　如果要问外地人最喜欢北京什么季节，他们大概会回答春天或是秋天，因为这两个季节气温正合适，不冷也不热，适合户外活动。可是我，偏偏喜欢北京的初夏，我喜欢夏花盛放的样子，喜欢花开带来的治愈感。

　　每年二月至五月是北京赏花的好时节，二月有迎寒傲雪的蜡梅，三月有亭亭玉立的玉兰花，四月有国色天香的牡丹，五月有令人傻傻分不清楚的蔷薇、玫瑰、月季……在赏遍北京各式各样的花卉后，还是月季最让我心动。初夏的北京绝对充满了月季花味，月季作为北京市花，和这座具有3000余年历史的古老城市一样，极具顽强不屈的个性。初夏的月季把整座城点缀得浪漫温馨，让人找到了爱上北京的一个理由。

十年弹指一挥间，我从26岁刚步入社会，到36岁看遍人生百态，我无数次审视当年来北京的决定。

回想这些年，我去了很多地方：走在京西深山里的爨底下村感受那一抹岁月的沧桑；坐在欧亚大陆最西端的罗卡角迎着海风感受大西洋的浩瀚无垠；站在高迪设计的百年圣家堂感受阳光从窗户透进来的奇妙的色彩；登上挂在大同悬崖上的千年悬空寺感受独有的奇险壮观……因为首都北京拥有四通八达的交通，所以这些年我看到了更为广阔的世界，也见识了世间形形色色的人们。

旅行和北京的初夏同样能治愈人心。在漫漫人生路上，我又一次出发，这次目的地是新加坡、马来西亚。

森林城市

从北京直飞新加坡用时6个多小时。在国航的航班上，坐满了前往新加坡的中国旅客，我们遇见了"游美营地"夏令营的孩子们,统一穿着印有"游美"字样的白绿相间的T恤衫,一阵亲切感扑面而来。近年来,越来越多年轻有为的创业者在更广的领域成了"领跑者",我内心颇有感触。

在漫长的空中飞行过程中,后座坐着一位老人,带着两个孩子,小女孩在哭,老人在大声斥责。出于对小女孩的关心,我隔着座位缝隙与老人交流。六旬老人告诉我,孩子的父母亲在新加坡打工已有十四年之久,八岁的男孩和五岁的女孩被留在山东由老人一手带大。我眼含笑意地看着老人说:"阿姨,您真厉害,一个人带着两个娃娃漂洋过海。"老人苦笑了一声说:"我带着孙子去了三次,孙女是第一次去……"老人简短的几句话,说出了一部分外出打工的家庭的心声。

我对新加坡的印象,起初来自父亲20世纪90年代到新加坡考察拍的一些照片和带回的一套"娘惹"童装。透过照片我看到,城市绿化带被修剪出一团团独特的造型,先进的景观塑造了我心中"大城市"最初的样子。带着对新加坡的向往,我们祖孙三人踏上了马来半岛的最南端。飞机越过大半个中国，穿过南海，缓缓降落在新加坡樟宜国际机场，走出机场那一刻，我回头看到了很多国内老人带着孩子前来探亲的身影。

夜色阑珊，住在新加坡的弟弟妹妹带着我们前往市区酒店，路上和我介绍新加坡的情况。从干燥闷热的北京突然来到湿热多雨的新加坡，我感到这里的气候和家乡德宏气候相近，瞬间深感亲切。看着车窗外街道两旁的绿化成行连片，遮天蔽日，仿佛走进了一座奇妙的森林。

在新加坡八天的时间里，我们去了很多新奇的地方，品尝了各具特色的美食，见到了想见的新加坡亲戚们。当我们站在地标性建筑"鱼尾狮"喷泉旁，看着一只雄壮的狮子拖着一条长长的尾巴，从嘴里喷出水花，通过这座极具创新力的喷泉，我们仿佛看到了1965年脱离马来西亚，新加坡国父李光耀在这座小岛上创造出令世人惊叹的奇迹，以及新加坡人民的勇气和创造力；当我们坐在双层巴士上绕城观光，那些高楼大厦上挂满了"绿色瀑布"，阳台被绿色植物装饰得生机勃勃，高架桥变身成了绿色长廊，从地面到高空，目光所及之处都是绿意盎然。通过新加坡的"立体绿化"，我不禁感叹新加坡人民把一件件小事都做到了极致；穿梭在城市间，我们遇见世界各国的人们在这里交汇，遍地都有兑换货币的店铺，人们说着汉语、英语、印度语、马来语等语言，我感到这是一个包容性极强、文化多元的国度，商业氛围浓郁，生活便捷，仿佛任何人在这里都能找到归属感……

有人说中国发展如此快速，新加坡的高楼林立已经不稀奇了，但是我觉得每个国家的建筑都有它独具一格的风格和喻义，用"小而精"来形容新加坡应该符合大部分人的感受。在这里，我还看到了整洁干净的街道，礼让行人的文明行为，全球最繁忙的海运港口……但是让我印象最深刻的还是新加坡在餐饮方面精益求精的态度，还有新加坡的极致绿化。

在新加坡，我们品尝了西班牙餐、泰国餐、越南餐、"娘惹"餐、中餐……我吃过清真螃蟹，香辣螃蟹，还第一次吃黑胡椒螃蟹。菜品口味正宗，回味无穷，新加坡把餐饮做到了极致。服务员会上前主动询问我们菜品口味如何，是否喜欢。有一次吃西班牙餐，孩子没坐稳凳子，服务员走过来帮孩子挪凳子并打趣说："你是小老板哟，你一定要放轻松。"轻松幽默的互动、友好的用餐环境，和新加坡休闲浪漫的城市氛围分不开。

干妈告诉我："新加坡很小，两三天就可以逛完了，在新加坡就是'吃'，你几乎可以吃到所有的美味，还不重样。"干妈带着我们，吃了不重样的美食，让我们从不同角度了解新加坡。我和妈妈、干妈，我们三人坐在海边沙滩上，喝着冰冰凉凉的咖啡，吹着徐徐海风，看着远方茫茫大海，瞬间心情无比开阔，没有一丝烦恼。干妈问我："这样的感觉好不好？"我点点头，表示很喜欢看海的感觉。

在这里，无论是街道两旁，还是城市小巷，随处可见一种参天大树，一排排，一片片，树干上布满了爬藤植物，枝干蜿蜒如"龙"，曲折线条极美，像从热带雨林搬运过来的一样。我了解到，大树有个好听的名字叫"雨树"。如果说新加坡像花园城市，不如说更像森林城市。

在城市发展日新月异的今天，原本资源短缺的新加坡，却靠着无与伦比的地理优势，找到"转口贸易"的出路，发展成全球货运的集散地，更是坚持用20多年时间，把自己发展成全球三大炼油中心之一。狭小的国土面积并没有困住新加坡人民，他们因地制宜发展旅游业，打造花园城市，吸引了全世界的目光。

我一直都喜欢下雨天，但我喜欢多雨的新加坡，喜欢婀娜多姿的雨树，喜欢漫步在湿漉漉的森林城市，还喜欢"娘惹"餐的味道，这是在中缅边境童年的味道。

手心里的萤火虫

第二站，我们前往马来西亚，我们去了亚庇、仙本那、吉隆坡、马六甲，深切感受到马来西亚拥有丰饶的资源，领土分为东马和西马，分散的国土扼守着马六甲海峡，但发达程度与新加坡相比，差距非常大。就如当地华人司机所说："我们马来西亚正在等待英雄的出现，像新加坡的李光耀一样……"

我们走过亚庇丹绒亚路海滩拾退潮后钻出沙滩的迷你螃蟹；登上珍珠岛眺望宝石蓝和"蒂芙尼蓝"双拼色的仙本那海水；坐在吉隆坡当地人常去的夜市品尝各式各样的东南亚风味；沿着伟大航海家郑和的足迹徜徉在拥有600多年历史的马六甲城市间……为了看萤火虫，我们居然坐了6个多小时的车。

我记得，小时在老家见过萤火虫，随着城市发展，已经很多年没见过萤火虫了。夜里，我们乘坐游船，在漆黑一片的环境下，缓慢驶入亚庇的红树林，我们所有人屏住呼吸，静待船长指示，当游船开到一棵大树附近，船长低声对我们说："我喊到三的时候，大家一起尖叫一声'哇'！"

当我们集体大声对着黑夜说"哇"，只见不远处一棵大树上，突然一下子冒出点点荧光，照亮了夏夜静谧的红树林，让我们又惊又喜。船长站在船头，手里拿着一盏明灯，高高举过头顶不停旋转，变幻着灯光明暗，用于吸引萤火虫。越来越多的萤火虫朝着有光的地方飞过来，我起身试图抓住一只萤火虫，当我轻轻地将发着光的小小的萤火虫捧在手心里，由于手心有汗，它不小心被黏在指缝间动弹不了，我想用我的拇指和食指把它拿起来，感觉稍微用点力都能夺了这小飞虫的生命。我了解到，萤火虫的寿命只有3至7天，对于指甲缝大的萤火虫来说生命如此短暂，可是它的出现却为红树林的夏夜增添了一道亮丽的风景线，让我们"行万里路"都要涉险一睹风采。有时候人的寿命不在长短，就像当代诗人臧克家在诗中所写：有的人活着，他已经死了；有的人死了，他还活着。

　　脑海里忘不了，闪烁着荧光的大树，忽闪忽闪的萤火虫在黑夜跳舞，仿佛带我们走进宫崎骏的动画梦幻世界。

　　船长叮嘱我们不可以伤害萤火虫，不可以用闪光灯惊扰萤火虫，也不可以带走一只萤火虫。我们知道宝贵的萤火虫是当地旅游业发展的"出路"，良好的生态环境永远都是地球每个角落、每个地区的"出路"。

　　此行有太多感悟。从斗湖机场到仙本那小镇一小时路程中，地接司机巴瑶族哈达和我们分享了他的故事，从他小时候警察父亲为了他的人生能多一条出路，逼着他学汉语，还说到他的父亲因病去世，他的母亲厨艺很好，在当地开了知名餐厅，却因疫情不幸离世……我和妈妈听得泪流满面。在亚庇，我们遇到了好心的华人司机李哥，李哥告诉我们，他的祖父 20 世纪 30 年代从福建来到马来西亚沙巴，他出生在沙巴，抗战时期，马来西亚的华人在陈嘉庚的号召下捐资，如今每年春节，在沙巴的华人们都会挂红灯笼、贴对联、舞狮子……我想，遍布世界各地的华人华侨心里怀揣着炽热鲜红的中国心，在复杂多变的国际形势下，在海外各显其能谋出路，对中国发展贡献着不可或缺的力量。

十年前，我选择来北京，也是当时的一条出路。

如果以十年为序，如今我又站在了下一个十年的新起点，继续寻找新出路。

2023.9.16

后记

2017年5月，在30岁即将到来时，我给自己列了一个"30岁必须去做的5件事"清单，一是阅读和写作，二是独自远行，三是山区支教，四是摄影留念，五是挑战蹦极。

回望过去，五件事已圆满完成。因为有了既定的目标，我收获了一个全新的自己。

六年时间里，我坚持阅读和写作，沉浸在文字的海洋里，寻找迷失的自己，渐渐地爱上阅读，用心去感受这个世界，凭着自己的生活阅历和人生体验，用文字抒写生活感悟。虽然才疏学浅，但我鼓起勇气迈出了自我治愈的第一步。我开通了微信公众号"老凡的小空间",把一点点"墨香"留在了空间里,公众号里的文章获得两万七千多的阅读量,我也受到了不同年龄段的读者的鼓励。更让我意想不到的是,随着时间的推移,我被推荐成为德宏州作家协会会员,还受到中国财富出版社有限公司的青睐,社领导提出将我所写的小文整合成书。

我深知自己没有经过系统培训,文学水平有限,不能与名家比较,我只希望用平凡的文字记录生活,写下一点点自己的所思所悟,给漫漫时光留下纪念。

这本《一路向北》是我平凡日子里涌出的一朵浪花。我想以此作为礼物,送给在北京奋斗十年的自己,并感谢在我写作道路上给予我鞭策和帮助的亲友们。

2023.12.24,深谷小溪